Chris Costantini

Lames de fond

Roman

Éditions Glyphe
www.editions-glyphe.com

Du même auteur

La Note Noire, Éditions du Masque. Prix du premier roman du festival de Beaune

À pas comptés, Éditions Michel Lafon. Finaliste de la Plume de Cristal

Chez le même éditeur (extrait)

Homicide post mortem. Olivier Kourilsky. 2013

Psychose au laboratoire. Roger Caporal. 2012

Si vous preniez de mes nouvelles. Marc Magro. 2012

Le Projectionniste. Jean-Gérald Veyrat. 2012

Dernier Homicide connu. Olivier Kourilsky. 2011

Rue de la crique. Michel Roset. 2011

Pandemic. Philippe Le Douarec. 2011

Les Âmes froides. Maurice Auroux. 2011

ISBN 978-2-35285-085-4

À mes enfants,
Joséphine, Oscar, César et Achille.

À mon père René Bourgois,
résistant : aux Allemands en quarante,
aux intolérants,
mais pas à un deuxième verre de calva et à un bon cigare.

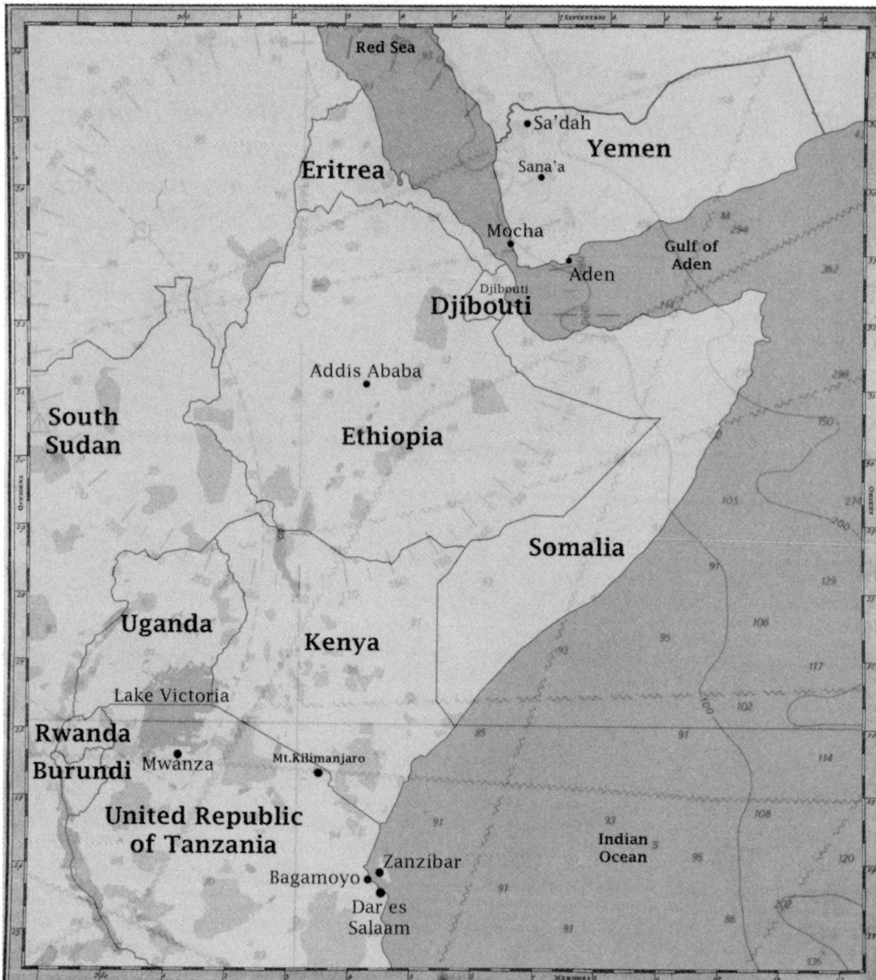
Red Sea
Sa'dah
Yemen
Eritrea
Sana'a
Mocha
Gulf of
Aden
Aden
Djibouti
Djibouti
Addis Ababa
South
Sudan
Ethiopia
Somalia
Uganda
Kenya
Lake Victoria
Rwanda
Mwanza
Mt.Kilimanjaro
Burundi
United Republic
of Tanzania
Indian
Ocean
Zanzibar
Bagamoyo
Dar es
Salaam

I

J'ARPENTAIS DE BONNE HEURE un trottoir clair obscur façon Caravage, vers mon nouveau bureau de Détective. Un rendez-vous m'attendait.

Une journée de fin de printemps s'annonçait, trop belle pour ne pas charrier son lot inattendu de grains de sable. Je levai la tête, vieux réflexe depuis un fameux 11 septembre. Les récifs menaçants de Manhattan sur lesquels se tailladaient mes congénères quand ils échappaient aux squales du capitalisme, de la mafia et de la criminalité, défiaient un ciel céruléen. Dans le Pays basque, les pauvres peignaient leurs volets avec du sang de bœuf. À Big Apple, l'hémoglobine s'étalait sur toutes les façades et n'avait pas le temps de sécher : homicides, overdoses, suicides…

Après trente années à la Crim', de la police de San Francisco au NYPD, j'avais jugé révolu le temps de soulever les pierres tombales, de distribuer de la maille de fer et de l'antimoine de différents calibres. L'idée d'échapper définitivement à une hiérarchie, où une paire

« couard-politicard » remportait toujours la mise face à mes quintes flush, avait pris corps. Ma plaque de lieutenant s'était ainsi retrouvée en guise de *check* final sur le tapis vert de ce poker menteur. Sans regret. En guise de parachute doré, ne me restait qu'un paquet de miles gratuits sur « Crime Airways ».

Je n'étais pas homme à me retourner sur le passé. Et puis, j'avais vécu ma vie comme une minuterie, à appuyer souvent dessus pour la relancer. La retraite m'avait bien effleuré, mais le terme m'évoquait une défaite. Quand on a longtemps oscillé entre les frontières du bien et du mal, de la légalité et de l'illégalité, de la folie et de la raison, on ne rend pas son passeport aisément. L'humeur à « tarfouiner » et à combler les piaillements des oisillons nicotine et adrénaline nichés dans mes ventricules demeurait encore bien présente.

« Thelonious Avogaddro, Détective privé », en lettres encore fraîches, sur mes cartes de visite et sur la porte de mon bureau, allait dans le droit fil de l'expérience capitalisée. Mélange de rigueur, de disponibilité totale, de patience. Avec le loisir de choisir mes affaires. Et ça « sonnait » bien. Surtout dans la bouche de Bacall face à Bogart.

John Davenport, un vieux pote, m'accueillit, un large sourire aux lèvres. Aussi méticuleux que sa chevelure était cendrée et que ses sourcils étaient hirsutes. Ancien du MIT, *Massassuchets Institute of Technology*, il avait biberonné du high-tech depuis sa plus tendre enfance pendant que je me prenais pour Mc Queen dans *Bullit*.

Notre amitié avait parfois été mise à mal, mais elle était de celles qui rimaient avec toujours. John était un passionné, et j'aimais ce genre de types. En prime, il disposait d'un don exceptionnel pour les chiffres, à la limite de l'autisme. Un jour, alors que j'amarrais notre bateau après une virée du côté de Nantucket, il ne m'avait pas lancé assez fort le trousseau de la voiture qui avait fini dans la vase avec les bernicles. Impossible à retrouver, même après plusieurs plongées. John s'était alors concentré et s'était souvenu un par un des chiffres de la clé qu'il n'avait tenu que fugacement en main. On avait ainsi pu faire un double et démarrer la voiture.

C'est donc sans crainte que je lui avais laissé le sésame de mon bureau de détective privé, au cinquième étage du *278 Pearl Street* à l'angle de *Beckman*, pointe sud de Manhattan.

Il installait depuis huit heures mon matériel informatique. Nous étions convenus qu'il m'en expliquerait le fonctionnement, même s'il savait que je n'en tirerais pas la quintessence. Comme de mon cerveau, selon certaines mauvaises langues. Mais, dans notre siècle fait d'apparences, ça ferait plus sérieux, bien qu'il y eût peu de chance que ma clientèle en fût dupe en me voyant m'escrimer d'un seul doigt sur le clavier. À cinquante-cinq ans passés, on ne se refait pas.

– Hé, Thel, ça gaze ?

Ses yeux globuleux me fixaient, les doigts lourds et velus en apesanteur face à l'écran neuf qui trônait sur mon bureau. La couperose de ses joues épaisses diffusait des effluves d'after-shave bon marché. J'exhalai vers lui une bouffée de cigarette en guise de réponse.

– Allez, rapplique ! insista-t-il. J'ai jusqu'à midi. Avec le nom que tu portes, tu devrais être à l'aise.

Sa référence au physicien Avogadro, mon homonyme à un *d* près, inventeur du nombre du même nom, me laissa de marbre. D'aucune utilité dans le quotidien, ce qui s'avérait plutôt décevant de la part d'un natif d'un pays auquel on devait pèle mêle ragazza, Ferrari, truffe blanche, haute couture, Verdi et place du Palio.

J'observai John à la dérobée. Ses initiales brodées sur une chemise de coton pâle se déformaient sous sa respiration lourde. Il portait nonchalamment sa cravate comme un étui pénien. Son costume aurait rendu dingue n'importe quel caméléon. Les yeux plissés devant l'écran, paumes immobiles, ses doigts virevoltaient sur les touches. Un Duke Ellington du clavier. Nous étions aux antipodes : marié, trois gosses, un boulot stable, une maîtresse, une carte de membre du Rotary, le dernier putter en vogue et une ordonnance renouvelable de Viagra. Bref, mon yang ou yin, je ne sais plus.

Après deux heures de Twitter, Facebook, Google, Excel, et autres barbarismes face auxquels j'arborais l'air contrit du chimpanzé *Ham* à bord de la première capsule orbitale, John m'arracha à mes rêveries. Soi dit en passant, je n'avais jamais élucidé pourquoi les Russes satellisaient des chiens, et la Nasa, des singes.

– Donc tu vois, là, tous les logiciels sont installés. File-moi une belle photo. Tu pourras ainsi te connecter avec ton réseau et tes amis… si tu en as toujours, avec ton caractère !

Mon caractère… J'avais parfois le coup de poing facile et mes dérives prenaient souvent l'apparence d'une bouteille. Surtout depuis la disparition de ma sœur puis de mon fils, et plus récemment, de ma mère.

Et puis, trente années à ajouter du fer à des criminels anémiques, ça marque. On connaît plus ludique. D'autant que le statut de flic imposait une réserve qui avait fini par éroder mon âme espiègle de joyeux drille caractéristique de mon enfance. Alors, sans aller jusqu'à me trimbaler avec *Humour is back* sur mes tee-shirts, j'avais décidé d'explorer les catacombes de mon esprit, dans l'espoir de prendre ensuite les choses plus à la légère. Je m'étais ainsi retrouvé plusieurs fois dans le cabinet de ma voisine de palier, une ostéopathe spécialisée dans l'énergie transgénérationnelle. Sous son action, les plaques tectoniques de mon âme se mouvaient en séismes moins brutaux. Je participais même à une vaste enquête d'Harvard sur le bonheur. Après inscription sur iphone, arrivaient plusieurs fois par jour des questions du type : Avez-vous bien dormi ? Vous sentez-vous bien ? À évaluer sur un curseur allant de « très bien » à « moyen » qui permettait de mesurer l'humeur du moment. À la fin, on recevait son « profil de joie ». Tout un programme.

Tut... tut... tut.

Nous sursautâmes. Carol Segrue, mon ex-coéquipière, m'informait par texto des suites de l'opération qu'elle avait subie plus tôt. Je l'aimais bien, cette petite avec laquelle j'avais clos ma dernière enquête de flic : une histoire glauque de prothèses et de drogue au cours de laquelle la nième femme de ma vie s'était envolée. Une dénommée Sue Barker. Pour le coup, je n'y étais pour rien. De toute manière, depuis la mort de ma mère, plus aucune femme ne pouvait me quitter.

« Thel, merci pour tes messages. Mon opération s'est bien passée. 95B ! Je pose ma dem' après-demain. Je t'embrasse. »

À son entrée dans la Police, Carol arborait une poitrine hypertrophiée. 100 D, ou approchant. Un score de bataille navale qui touchait le croiseur de sa vie. On lui avait bricolé son holster, mais elle se plaignait régulièrement de douleurs au dos et au cou. Pas évident pour un boulot où on était censé courir vite.

On s'était pas mal vus depuis mon départ, consolidant un rapport mi-copain, mi-père / fille. J'étais son Baloo dans cette jungle urbaine. Vingt-six ans, brune piquante, des yeux pétillants. Le genre de minois charmant fait pour le sourire et sachant le faire naître chez les autres. Capable aussi de dureté, apanage de l'expérience. Dernière fille d'une lignée de quatre, alors que le père attendait désespérément un fils. Carol avait encaissé sa frustration sans mot dire, puis s'était empressée de quitter le domicile familial dès qu'elle avait pu. Après un cursus de droit, elle avait intégré la police. Bosseuse, astucieuse, son humour avait égayé mes dernières semaines de lieutenant, même si je ne partageais pas toujours ses avis sur mes cravates. En bonus, elle faisait mine d'ignorer les traces laissées par les tabourets de ces lieux que je fréquentais, où on défait les réputations.

Deux semaines auparavant, d'une moue espiègle, elle avait émis le désir de me rejoindre comme associée dans mon bureau de détective. La décence m'obligeait à lui rétorquer qu'il valait bien mieux rester dans un boulot stable où elle avait encore tout à apprendre que de rejoindre un vieux gredin dans une aventure des plus aléatoires. Un simple regard à mon carnet de commandes dictait ce conseil. J'avais bien depuis six mois résolu quelques affaires, mais pas de quoi arracher un demi-sourire à mon banquier, doper mon cholestérol ou acheter un costard chez Bloomingdale's. Encore moins d'embaucher une secrétaire accorte.

Se faire une clientèle demande du temps. Il en va des secrets comme des rumeurs. Vous faites une confidence à une personne, qui s'empresse d'en parler à une autre, puis à une autre et au final… 111 personnes sont au courant. Je misais là-dessus pour asseoir ma réputation et distribuais à tout va des cartes à des vieux collègues, des attorneys, des indics.

Seuls les avocats échappaient à ma liste. Les chaînes TV étaient envahies de leur publicité, du type « parlez gratuitement à un avocat, vous ne le paierez que s'il vous rapporte de l'argent ». Tout était bon pour attaquer compagnies d'assurances, lieux publics, salles d'attente d'hôpitaux. Un avocat spécialisé dans les handicapés faisait fortune en mesurant trottoirs, ascenseurs inadaptés, défauts de parking… aidé par des détectives. Je ne mangeais pas de ce pain-là.

Finalement, il y avait de la place pour un deuxième bureau et je me fiais à mon instinct. Carol contribuerait à adoucir ma transition professionnelle.

Je revins m'asseoir près de John.

– Tu vois, *thel.com*, c'est plus simple qu'*avogaddro-detective* ou *thelonious-detective* non ? poursuivit-il.

J'approuvai la simplification, plus mémorisable et compréhensible dans toutes les langues.

– Veux-tu aussi un firewall pour tous les trucs de cul que tu vas recevoir ?

– Précise, dis-je, l'air de celui qui découvrait la vie.

– Quand on est branché sur internet, on reçoit un tas de messages indésirables. Axés baise surtout, si tu vois ce que je veux dire… Il existe des logiciels pour les filtrer.

– Alors ok, sauf ceux qui permettent d'allonger le pénis. Tu connectes l'ordinateur de Carol dans la foulée ?

– J'ai prévu de repasser cet après-midi pour tout finir. Tu seras là ?

N'étant pas du genre à voir plus loin que l'heure qui suivait, je m'apprêtais à répondre que oui, vraisemblablement, quand un bruissement se fit entendre sur le palier du bureau.

Un souffle.

Qui allait éteindre à tout jamais les cierges de mes espérances.

2

ELLE ÉTAIT ENTRÉE SANS BRUIT. Sa fragile silhouette se balançait comme un roseau, tout en pudeur.

– Puis-je ? susurra-t-elle.

John décida de s'éclipser sans coup férir et tenta d'éviter ce magnifique précipité de charme et de classe dont la seule présence élargissait les lieux.

Je la détaillai, nourrissant mon hobbie de trouver des similitudes entre le physique d'une personne et celle d'un animal. Rien à voir avec les cynocéphales, ces divinités à têtes canines, qui mettaient en avant la sauvagerie et la bestialité sous l'Égypte antique, Anubis en tête. Ni avec l'œuvre de Keith Haring et ses personnages à la gueule carrée de chien. L'observation d'un appendice nasal proéminent et d'yeux rapprochés me rappelait un loup, de grandes incisives et des bajoues un castor, une face plate une limande, un regard et un nez crochu un aigle, un double menton un pélican, etc. Il ne fallait bien sûr pas se fier aux apparences. Néanmoins, la ménagerie que j'avais envoyée derrière les barreaux comptait plus de faces d'hyènes et de coyotes que de premiers communiants.

La dame en question appartenait à l'aristocratie des cervidés, tendance biche. Regard brumeux, cou gracile, maintien élégant… Difficile de lui donner un âge. Dans les soixante ans, peut-être.

– Ce… c'est pourquoi ? bredouillai-je.

– Êtes-vous Thelonious Avogaddro, le détective ? minauda-t-elle.

Je hochai la tête et je lui proposai le canapé qui incitait normalement aux confidences. Le regard lumineux tranchait avec le teint de porcelaine. Muni de mon cahier de notes, je lui fis face, après m'être assuré sur un ton qui n'appelait pas de réponse qu'elle désirait ne rien boire : le frigo était vide.

Elle promena son regard sur les différents objets de décoration et l'étagère remplie de belles reliures traitant du droit et de la psychologie du crime, puis se concentra sur mon diplôme de détective.

– Ai-je affaire à Sam Spade ou à Nick Carter ?

Bonne pioche. Madame n'avait pas lu que *Cosmo* ou *Vanity Fair*. Je venais juste d'accrocher la licence obtenue auprès du département de justice et du FBI. À New York, aucun examen n'était imposé à un type qui avait mon passé, contrairement aux lois en vigueur en Alabama, en Alaska, au Colorado, entre autres. J'avais conservé mon port d'arme et m'entraînais encore au stand de la police.

– Plutôt un mélange de Nicholson en Jack Gittes et Rourke en Stanley White, répliquai-je. Sauf que les sparadraps sont scotchés à l'intérieur de mon crâne. Qu'est ce qui vous amène, Madame… ?

– Malowre. Ingrid Malowre, dit-elle en découpant bien les syllabes.

Un *malowre* pouvait donc venir seul.

– Puis-je fumer, détective ?

Je tendis un cendrier en argent, et farfouillai dans mes poches en quête d'un briquet et d'une Lucky. Devant mon air dépité, elle m'offrit l'une des siennes, longiligne. Elle exhala un écran de fumée qui m'exclut provisoirement de son monde et rejeta sa tête en arrière, de satisfaction.

– Je cherche un détective pour une affaire… disons un peu compliquée. On m'a conseillé de vous rencontrer.

Il me restait encore quelques amis sur cette planète.

– Peter Bertram, avocat au cabinet Bousquié, enchaîna-t-elle.

Les méandres de mes hémisphères se mirent en branle. Peut-être l'avais-je croisé dans un prétoire ou sur une enquête.

– Où exerce-t-il ?

– À Cincinnati, Ohio. Je vous vois venir avec votre haussement de sourcils. Ce n'est pas la porte à côté, et vous vous demandez quel est le rapport.

En prime, des talents de devin. Elle inhala profondément son Kentucky blond, et présenta son histoire.

– Je suis née le 8 janvier 1942. En Allemagne. Je n'ai pu avoir d'enfant. J'ai été mariée quarante ans à un homme courtois, mais sans imagination. On se lasse des gens sans aspérité, ne trouvez-vous pas, détective ?

Cela valait peut-être mieux que de se taillader au contact des miennes. De nouvelles volutes s'accordèrent à la danse de sa chevelure. J'observai attentivement le langage de son corps. Croisements de genoux, gestes des bras, regards : elle respirait l'énigme.

Le grain de sa voix retint aussi mon attention. Mes oreilles de chanteur occasionnel dans des boîtes de jazz repéraient les blocages qui s'insinuaient dans une colonne d'air. La voix est le sismographe des émotions. Une respiration concentrée autour du cou était le signe de gros troubles émotionnels pendant l'enfance. Plus l'individu s'en était affranchi au cours de sa vie, plus le souffle prenait racine profondément. Ingrid Malowre émettait des dissonances traduisant une souffrance.

Elle se souvenait que sa mère, une prénommée Gertrud, lui avait avoué avoir fui l'Allemagne nazie dans un paquebot en partance pour l'Amérique, en décembre 43. Dans ses bras, la jeune Ingrid et juste de quoi s'installer. Échouées dans le New Jersey, elles avaient vécu chichement de son petit pécule dans des hôtels modestes, jusqu'à pouvoir se fixer dans une pension. Elle n'avait jamais connu son père. Sa mère lui avait précisé qu'il avait été enrôlé dans l'armée allemande pendant la Seconde Guerre mondiale. Elle n'avait pas eu le temps de lui donner plus de précisions, elle était décédée brutalement le 9 novembre 46 : alors qu'elle traversait une rue, son chapeau s'était envolé. En se retournant pour le rattraper, elle avait été cueillie violemment par un camion. Morte sur le coup, selon le rapport de l'inspecteur. Aucun papier n'avait été trouvé sur elle, et son sac avait disparu. La police avait mené une enquête, sans résultat. Elles n'étaient pas restées assez longtemps à la pension pour qu'on connaisse leur nom de famille et personne ne s'était manifesté pour réclamer la petite Ingrid. Elle ignorait ce qu'était devenu son père. Elle avait bien été questionnée mais, nonobstant quelques souvenirs précis, le reste avait été très évasif.

– Je n'avais que quatre ans, s'excusa-t-elle.

Des clients de la pension, sans enfant, Paul et Audrey Malowre, l'avaient recueillie avec l'assentiment de l'administration, laquelle, en ces temps de guerre, s'était réjouie de trouver rapidement une solution. Les Malowre l'avaient inscrite dans une école publique, lui collant leur nom de famille sans autre forme de procès.

Paul Malowre était un type dur, ouvrier du bâtiment. Audrey faisait des ménages. Ils avaient du mal à joindre les deux bouts. Coup du destin, Paul Malowre travaillait alors à la maçonnerie de la maison d'un juge pour enfant, qui ne se fit pas prier pour officialiser cette nouvelle identité auprès de l'administration.

– Regardez, voilà tout ce qu'il me reste de cette époque.

Elle souleva son foulard qui masquait les rides de la gorge et retourna une médaille de la vierge où étaient gravés son prénom et sa date de naissance.

Intrigué, je repris une écoute de premier de la classe. Attirés par l'eldorado californien, les Malowre avaient décidé de déménager à l'été 48. Paul Malowre ne voulait pas s'embarrasser d'un enfant dans cette aventure. Ils avaient alors placé Ingrid dans un foyer d'accueil dans le New Jersey, avec la promesse de venir la rechercher une fois leur situation stabilisée. Ils étaient malheureusement décédés quelques mois après dans un accident de bus, du côté de Modesto.

– Tous ceux que vous approchez meurent aussi brutalement ? m'aventurai-je, réfléchissant à ce que je pouvais bien apporter.

Elle prit un bon moment pour réfléchir à la question, comme si elle n'y avait jamais pensé avant que je l'interroge.

– Non, rassurez-vous. Et puis mon existence n'a pas été si désagréable que ça. Le foyer dans lequel j'avais été placée m'a permis de passer une enfance et une adolescence studieuses. J'ai décroché un diplôme de styliste et dessiné toute ma vie des robes de mariées, ce qui me permet de vivre confortablement, encore aujourd'hui. L'homme que j'ai épousé était généreux. Il m'a laissé une belle somme.

– Il est décédé lui aussi ? m'écriai-je.

– Non, non, pouffa-t-elle, dévoilant des pattes d'oie qui soulignaient un regard espiègle. Il a été assez chic au moment de notre divorce.

Nous allumâmes une nouvelle cigarette. Les fumées se croisèrent en une figure de meeting aérien. « Le cœur percé », je crois. Elle rajouta quelques détails que je ne consignai pas, attendant toujours ce qu'elle me voulait.

– Vous ne vous rappelez donc pas de votre lieu de naissance ?

– Non. J'ignore tout de mes origines. Je suis seulement certaine d'être née en Allemagne. D'ailleurs, j'ai appris la langue à l'école avec une facilité déconcertante.

Elle se mit à réciter un poème, sans accent. Du Nietzche, précisa-t-elle. Pas la plus chantante des langues qu'il m'avait été donné d'entendre.

– Il y a trois semaines, Monsieur Peter Bertram, de ce cabinet d'avocat, m'a téléphoné pour me dire qu'un pli important allait me parvenir. Que mon père venait de mourir. Je… je croyais à une blague. Voilà ce que j'ai reçu, avec vos coordonnées annexées.

Elle plongea des doigts fins comme le bec d'un flamand rose dans le tréfonds de son sac et en extirpa une pochette plastifiée qu'elle me tendit. À l'intérieur, une carte postale en noir et blanc jaunie, pigmentée de salissure brune. Cartonnage épais, coins abîmés. On y voyait des maisons blanches à l'architecture arabisante, sur un promontoire en bord de mer. Quelques barques sur la grève. Vers la droite, sur fond de palmiers, deux embarcations de type boutre, ce bateau arabe à voile triangulaire. Une ligne courbe contournait deux bateaux de pêcheurs et séparait une partie basse réservée au texte. En typo de machine à écrire se détachait la légende : *Stone Town 1945*.

– C'est en Tanzanie, non ?

Elle acquiesça. La capitale de Zanzibar. L'Est de l'Afrique, sur l'océan Indien. Une écriture fine en allemand emplissait l'espace consacré.

> « *Ma chérie. Je suis assis sur un tas d'or grâce à mes oreilles. Je vous rejoins dès que je le peux et à nous la belle vie ! Embrasse notre petite Ingrid. H* » traduisit-elle.

Pour le moins énigmatique, à moins que ce gars eût des oreilles de Mickey qu'il exhibait dans les foires. Dubitatif, je retournai la pochette avec précaution. Sous l'intitulé *« post card »* placé au centre, une adresse : Gertrud Schwarzbrod, 262 Highland street. New Jersey. United States. En haut à droite, la plus grande partie du tampon dateur mangeait un timbre collé à l'envers.

– Ça devait être l'adresse de la dernière pension où nous vivions avec Maman.

L'abîme de perplexité dépassé, et muni d'une loupe, je replongeai dans l'analyse de la carte. Le tampon à moitié effacé laissait apparaître la date : 14 juin 45. Le sigle fatigué « TGYA/TZ » indiquait qu'elle avait été postée de là-bas. Si mes réminiscences historiques ne me trahissaient pas, la Tanzanie s'appelait à cette époque Tanganyika Zanzibar. Une ancienne colonie germanique.

Le Zanzibar avait aussi été en son temps un fameux club de jazz sur Broadway. Cab Calloway s'y était produit le soir de la reddition du Japon, en août 45. Un hasard. Le speaker et les spectateurs avaient hurlé leur joie et il n'avait pu en placer une.

– Voilà, je n'en sais pas plus Détective.

– Appelez-moi Thel. Attendez, que je comprenne bien. Ce cabinet d'avocats vous envoie la carte sans autre précision. Vous ne les avez pas questionnés ?

Elle répliqua d'un ton sec.

– Bien sûr que si ! Je les ai appelés. Bertram m'a confié que H. Schwarzbrod était mon père. Qu'il venait de décéder. Il m'a affirmé qu'il ne pouvait rien me dire d'autre, précisant que dans l'Ohio, ce type de testament est protégé par le secret. Ce Bertram a été assez cavalier. Il a raccroché assez vite.

– Et son affirmation sur le secret est exacte ?

– Oui. J'ai vérifié auprès d'un ami juriste.

Je procédai à un calcul rapide. L'Allemagne nazie avait enrôlé à partir de 43 des hommes de plus en plus jeunes. Il en est toujours ainsi au crépuscule d'un conflit. Tenant compte de la durée de vie moyenne et d'un âge d'incorporation de dix-huit/vingt ans, H. Schwarzbrod avait dû s'éteindre à quatre-vingt-dix ans passés.

Un silence plana. De quoi résumer la situation. Ingrid Malowre venait de découvrir qu'elle s'appelait en fait Ingrid Schwarzbrod. Fille supposée de « H » et Gertrud. Allemande de naissance, sans attache déclarée. Elle avait perdu sa mère très jeune, puis avait été adoptée. Son père qu'elle croyait disparu venait de lui léguer une carte postale à sa mort. Bien mieux, par les temps qui couraient, qu'un portefeuille d'actions à Wall Street.

– Mais, on aurait dû trouver la carte dans les effets personnels de votre mère, puisqu'elle lui était adressée. Comment se retrouve-t-elle entre les mains de ce cabinet plus de cinquante ans après ?

Elle serra les lèvres en signe de désapprobation.

– Si je le savais, je ne serais pas là, détective.

Le mépris dans sa voix fouetta mon amour-propre. Je soulevai la pochette dans la lumière du jour, dans l'espoir qu'un secret apparaisse par transparence. Je relus le texte pour la forme, vu mon niveau d'allemand.

– Vous n'avez pas fait de recherches de votre côté avant de venir me voir, genre fichier de l'armée ?

– Si, bien entendu ! J'ai tenu à le retrouver. Le ministère fédéral de l'armée à Bonn m'a répondu laconiquement qu'il n'était sur aucune liste. Le consulat n'a pas été plus précis. Beaucoup de prénoms commencent par H : Hans, Herbert, Heinrich, Hermann, Hyéronimus… Chaque Land consigne ses propres archives, dont beaucoup ont disparu dans la déroute de l'après-guerre. Et j'ignore le nom de jeune fille de ma mère.

– Mais elle a bien eu des papiers américains, relevai-je. On devrait retrouver trace des formulaires remplis à son arrivée. La carte est adressée à Gertrud Schwarzbrod.

Ses lèvres dessinèrent un sourire chagriné.

– J'ai vérifié. Il n'y en a aucun d'enregistré à ce nom ! C'était la guerre et il y avait un grand laxisme dans toutes les administrations. Même sur internet, je n'obtiens rien. Je suis retournée dans le New Jersey… Tout a changé depuis mon enfance. La rue est bien là, mais plus la pension.

Pendant que l'Europe rendait les armes devant la puissante armée allemande, que la Chine était martyrisée par le Japon, nous nous remettions tout doucement de la grande dépression. Nous allions à notre tour basculer dans la folie guerrière, après l'attaque de Pearl Harbor en décembre 41. L'effort du pays se porta dans l'industrie militaire, avec le succès que l'on connaît. Les réfugiés passaient au second plan.

– Ma mère aura probablement eu l'occasion de lui faire savoir où nous résidions. Je ne sais pas… télex, morse… Possible également qu'elle n'ait même jamais reçu la carte, puisqu'elle est morte cinq mois après son envoi. Quelqu'un en aura pris connaissance. Pour tout vous dire, j'ai… j'ai même consulté une voyante et un magnétiseur.

Par politesse, je demandai le résultat.

– Les deux ont vu des choses assez semblables. Mon père aurait été issu d'une famille où l'art tenait une place très importante. Il aurait vécu dans un lieu entouré d'eau. Beaucoup d'eau.

Nous étions bien avancés. Moi, je baignais plutôt dans l'alcool et les emmerdements. « H » avait-il été architecte, peintre, musicien ? Que venait faire un don artistique pendant la guerre ? Dans la marine ? Beaucoup d'eau... Ville portuaire ? thermale ? bordant un lac ? un fleuve ? Je replongeai, c'est le cas de le dire, dans le concret.

– Votre mère était-elle juive, pour fuir ainsi l'Allemagne ?

– Non, pas que je sache. Et vous avez vu ma médaille chrétienne. J'avoue que je ne me suis jamais posé la question. Quant à notre départ d'Allemagne en 43, je n'ai pas d'explication.

Je tirai un autre écheveau.

– Il y a peu de chance qu'on puisse relever des empreintes. Mais on pourrait tenter un test ADN sur le dos du timbre. J'ai un bon ami coroner à la Crim' qui pourrait nous aider. On aurait alors la certitude du lien de parenté.

– À combien se montent vos honoraires ?

La question ne m'effraya pas. Autant les artistes étaient gênés pour chiffrer leurs œuvres, autant j'avais pris conscience de mes qualités. Après un rapide comparatif de la profession et tenant compte de mes trente ans d'expérience, je proposai un tarif raisonnable.

– La première consultation est offerte. Mes honoraires sont de mille dollars la journée. Hors frais. Cela dit, j'ai l'impression que je vais devoir voyager.

Ses yeux s'assombrirent et les pupilles parurent en dévorer tout l'iris.

– J'ai l'intention de vous embaucher, mais pas de vous payer ! affirma-t-elle péremptoirement. En tout cas, pas de cette façon.

Avant que je lui aie signifié cette mauvaise réponse sur un buzzer imaginaire et indiqué la marche arrière, elle murmura :

– J'ai mieux à vous proposer. Beaucoup, beaucoup mieux.

Elle se pencha alors vers moi dans un bruissement de taffetas, juste assez pour que je puisse humer la pointe de Shalimar. Un maquillage étudié camouflait les rides. La maturité sculptait son visage. Les veines de son cou palpitaient. Je me sentais aussi nu qu'une valise sous un portique d'aéroport.

– Je souhaiterais que vous vérifiiez ce lien génétique et découvriez ce qui est arrivé à mon père. Mais surtout, s'il existe, que vous m'aidiez à retrouver le tas d'or ! En guise de salaire, vous aurez cinquante pour cent de ce que je récupérerai, précisa-t-elle d'une bouffée paresseuse.

Je me levai, un brin estomaqué, et m'approchai de la fenêtre. En contrebas, la cacophonie urbaine atteignait un pic, à peine étouffé. Monk, un génial compositeur de jazz, se positionnait aux carrefours de circulation et reconstituait ensuite sur son piano les dissonances perçues. Le front collé à la vitre glaciale, le regard perdu vers les agrafes jaunes et sombres qui suturaient le bitume, je tentais moi aussi de puiser l'inspiration. Elle perçut mon hésitation. Ce qu'elle annonça alors d'une voix atone, me glaça tout à fait.

– Je… Je suis malade. Lymphome ganglionnaire. Ce… c'est irrémédiable. Je… je n'en ai plus que pour quelques mois. Je le sais grâce à un ami médecin qui a bien voulu me dire la vérité.

Je me retournai. Avec des mots pudiques, elle détailla ses cinq années de combat contre la maladie. Vu son âge, elle avait trouvé illusoire d'accepter la chimio. Fatigues, vertiges et vomissements hachaient sa vie actuelle. Elle baissa ses yeux bordés de tristesse et ajouta :

– La carte m'a donné un coup de fouet. Je m'y accroche. Comprendre ce qui est arrivé à mon père me… disons que ça me maintient. Mais pour combien de temps…

Son soupir expulsa la fumée jusqu'à mon visage. Un mélange de tabac et de miasmes. Encore une, pensais-je pour moi-même. Encore une en souffrance qui venait s'agglutiner comme tant d'autres sur le ruban de mon destin, sans que je ne trouve la force de m'y opposer. J'aurais mieux fait de ne pas m'attendrir, mais je le fis. J'aurais mieux fait de la raccompagner illico à la porte, mais je ne le fis pas. Je décidai d'être factuel :

– Imaginons que je trouve de l'or. Désolé d'être brutal, mais… dans votre état, qu'en feriez-vous ?

Ses yeux s'enflammèrent. Elle répondit sur un ton sans appel.

– Je le léguerai à la recherche médicale.

Il n'y avait rien à redire.

Les interrogations s'enchaînèrent. Existait-il toujours, ce tas d'or disparu depuis plus de cinquante ans ? D'où venait-il ? Et juste une carte postale pour point de départ. Pas tout à fait la parcheminée roulée dans un étui de cuir de mes fantasmes d'enfant, mais pas loin.

Combien de temps avait-elle mis pour parvenir à destination ? Trois mois, six peut-être. Il y avait peu d'avions de ligne à l'époque. Le bateau semblait plus plausible. Passer par Suez ou Le Cap, franchir l'Atlantique…

Aux dires de sa fille, « H » avait fait la Seconde Guerre. Schwarzbrod… pas besoin d'être Goethe : cela voulait dire *pain noir*. J'eus le sentiment que je n'avais pas fini d'en manger en acceptant le dossier. Pas sûr non plus que ce fût prévu dans le test du bonheur de l'iPhone.

Je n'étais pas un homme d'argent. Néanmoins, l'idée de posséder un gros paquet me mettant définitivement à l'abri ne me laissait pas de marbre. Mais, la façon qu'elle avait eue de se mettre à nu m'avait touché. Et, sans le savoir, elle venait de mettre en branle mes bielles qui turbinaient à l'aventure.

Je m'assis pour lui faire part de ma décision.

Le plus terrible avec les femmes, c'est qu'elles vous achèvent avec le sourire.

3

Le radio-réveil m'extirpa des ténèbres. Six heures trente. Je me redressai brusquement, à peine conscient qu'il s'agissait des murs épurés de mon domicile de *Pioneer Street*. Le marchand de sable charriait plutôt des gravats ces temps-ci et un marteau-piqueur n'aurait pas été de trop pour soulever mes paupières.

Je m'étais encore couché tard, à une heure où les bleus ciel et nuit se confondent. Après le départ d'Ingrid Schwarzbrod, j'avais occupé l'après-midi à préparer la venue de Carol. Le gosier sec, l'envie d'une bordée chez Doumé, propriétaire du *Jimmy's*, avait pris tout son sens. Mon terrier. Il y en a qui vont prier tous les jours. Chez Doumé, les tuyaux de l'orgue ressemblaient à des bouteilles, les icônes aux tableaux période Harlem jazz, les vitraux aux lumières troubles sur mes rétines noyées, l'encens à mon paquet de Lucky et l'hostie au blanc de la meringue qui nappait ses tartes au citron. Quand au silence recueilli, j'y avais droit vers les deux-trois heures du matin. Face à Doumé, qui avait l'élégance d'attendre un quart d'heure de plus avant de fermer. Crucial, un pote barman. Le cœur du réacteur de la machine policière. Informé de tout ce qui se passe en ville, comme le sont les putes, les chauffeurs de taxis et les dealers.

Je rampai hors de mon lit telle une limace aux premières gorgées de rosée et branchai les infos. Tout allait bien : les bombardiers bombardaient, les flingues flinguaient, les kalachnikovs kalachnikofaient, un peu partout sur cette planète avenante... L'Afghanistan, la plus longue guerre jamais entreprise par notre pays. Je zappai sur la fréquence jazz. Groggy, les jambes lourdes et la bouche pâteuse, je me téléguidai jusqu'à la salle de bain au pas cadencé de *Blues march*. De longues secondes s'écoulèrent avant que je ressente le jet brûlant. Je me rasai consciencieusement, tout en détournant le regard des zébrures qui creusaient mon visage. Une rapide giclée d'Old Spice me régénéra tout à fait.

Habillé de jeans et d'un pull mauve, j'aérai le loft. La pluie s'était calmée. Une odeur de pelure de crayon montait de l'asphalte. L'aurore asthmatique pointait de pâles lasers sur Big Apple, sublimant les coups d'équerre des architectes star. Les rois faisaient appel à Michel Ange, Léonard de Vinci... Face à moi, le skyline, « l'œuvre » des seigneurs des temps modernes, entre carrières de phallus et failles de micas. Telles des plaies sous le sel, les vicissitudes de mon âme se creusaient, jusqu'à devenir des arroyos, puis des canyons. Comme les artères de Manhattan. C'est en ce sens que je ressentais cette ville comme une texture intime.

Dexter Roach sonna à l'heure dite. Il m'avait contacté la veille pour me demander un service, à une heure où mes neurones étaient encore aptes à mémoriser. Dans les soixante-quinze ans, un mètre quatre-vingt-huit, longiligne, les cheveux crépus blancs, le nez peu épaté, le teint plutôt clair pour un descendant d'esclaves. Sorte d'homme paratonnerre qui aurait pris des paquets de foudre. Ses lèvres charnues dévoilaient une dentition abîmée. Il avait été un formidable saxophoniste de jazz be-bop, ce qui situait son heure de gloire dans l'après-guerre. À une époque où les notes dégoulinaient avec célérité des instruments, Charlie Parker en tête, au rythme des *coins* d'un jackpot.

Dexter avait été l'un de mes héros de jeunesse, du temps de mes errances dans les boîtes de jazz de la Côte Ouest. Il jouait avec les grosses pointures de l'époque. Un phrasé explicite, résolu, à la fois majestueux et dense.

Lors de mon transfert de San Francisco au NYPD, je l'avais recroisé, pour finir par le perdre de vue. Je ne l'avais retrouvé que récemment, dans l'anonymat le plus total, à Harlem. Au foyer qu'animait Father John. Un prêtre dévoué pour la cause black dans les quartiers sensibles, à qui je prêtais parfois main-forte. Le choc. Dexter était très maigre. Un fakir, que les aiguilles d'héroïne transperçaient trop facilement. Comme égaré sur cette terre, désaccordé. On l'avait à moitié tiré de là. Ma contribution avait été de calmer les ardeurs des petites frappes qui venaient lui proposer ses doses d'oubli. Il nous avait promis d'arrêter la dope. Imitant Miles Davis et Ray Charles, il s'était de lui-même enfermé dans une chambre. Pendant une vingtaine de jours, sous la surveillance d'une religieuse bienveillante au fait des désintoxications, il avait expurgé ses humeurs, frôlant plusieurs fois l'arrêt cardiaque. Depuis, il ne quittait plus un chapelet que je tenais de ma mère – un cadeau, médaille de baptême de rédemption en quelque sorte.

Le désir de rejouer était revenu. Dexter s'y était remis, errant à la recherche de sa gloire perdue et du bon tempo de sa vie. Il se produisait bien ça et là, empochant quelques billets gras, mais la drogue, l'alcool et la fatigue l'avaient usé. Aucune rustine n'aurait pu réparer ce radeau qui flottait entre l'Hudson et l'East River.

Il pénétra dans mon loft d'une démarche dégingandée, feutre à la main. Derrière le séducteur qu'il avait été jadis chancelait un être éperdu. Mais *hipe*, toujours, label des musiciens de l'époque : costard, cravate et chemise étudiés, qui faisaient passer comme secondaire les extrémités élimées.

– Hey, Thel, ça gaze ? demanda-t-il d'une voix caverneuse.

– Pas mal, Dexter, si je me réfère au résultat du test du bonheur.

Il se frottait nerveusement les mains. Il refusa une tasse de thé. Je ne buvais plus que ça. Du thé d'Afrique du Sud, parfait, paraît-il, pour la prostate. Le club mondial des buveurs des quinze mille tasses chaque seconde, deuxième boisson après l'eau, comptait un nouveau membre.

– J'ai des soucis. Tu vois. Je... Je me suis fait virer. Sarah a trouvé un petit copain. Elle m'a demandé de quitter son studio...

Sarah n'avait aucun lien de parenté avec lui. Elle fréquentait la paroisse de Father John et avait accepté de l'héberger jusqu'à ce qu'elle fasse sa vie.

– Aucun pote ne peut t'aider ?

La réponse m'était familière. La faune des musiciens était impitoyable et Dexter n'avait jamais bâti de famille. Il resta assis, sans rien dire, la mine contrite, pendant quelques instants, figé dans son masque d'ébène.

– Thel, je suis un peu gêné, dit-il d'une voix traînante comme le *Sunset Limited* NY-Los Angeles.

Il ajusta le nœud de sa cravate Art Déco, sur un col de chemise blanche au coton en partie déchiré.

– Tu retouches à la dope ?

– Non Thel. Je te le jure ! Depuis cinq ans maintenant

La manière dont ses mains s'agitaient doucement, caressant une silhouette invisible, me touchait. Tout comme ses yeux de cocker, attendant fébrilement une caresse. Sans chercher à gagner des espérances si j'arrivais un jour devant le Bon Dieu, je me surpris à lui proposer de s'installer quelque temps à mon domicile. Un halo lumineux irradia son regard.

– Mais tu me promets que tu ne replongeras plus dans ces saloperies !

Il se leva, visiblement soulagé. Délesté du poids de la honte.

– Thel, tu as ma parole.

Le tour du propriétaire fut rapide. Le loft était à mon image du moment : sombre, bordélique, aux recoins infranchissables. La chambre de mon fils notamment, mort trop jeune, et dans laquelle je refusais de donner le coup d'épaule coupable qui m'aurait projeté dans un monde où je me serais perdu.

– D'ailleurs Thel, j'aimerais bien que tu te débarrasses de tes bouteilles d'alcool.

Bonne résolution.

– Tu as peur de vider ma cave ?

Il prit une profonde respiration et me fixa de ses yeux jaunâtres marbrés de sang. Sa réponse me laissa pantois.

– Thel, tu m'as beaucoup apporté. Comme Father John. Vous m'avez aidé à me sortir de cette merde. Alors, avant de disparaître de cette terre, je voudrais faire une bonne action. Hey… tu vois… T'aider à arrêter de picoler par exemple. À ce qu'on dit, tu écluses pas mal en ce moment.

Il pinça les lèvres. Je ne mis pas longtemps à répondre. À mon tour de saisir la corde.

– OK, Dexter. Mais à une condition : que tu racontes des anecdotes sur le jazz chaque fois que j'ai envie d'une rasade.

Embarrassé par un carton d'affaires personnelles, j'ouvris difficilement la porte de mon bureau de détective. Le canapé ferait office de lit et il y avait un petit coin toilette. Dexter serait ainsi tranquille quelque temps. Je grommelai en voyant d'autres paquets envahir l'entrée.

– Ah, Thel, te voilà !

Carol, resplendissante, me faisait face. Cheveux noirs courts, pantalon moulant, pull marine et collier indigène d'ambre. Instinctivement, je portai le regard sur sa poitrine. Elle souleva le lainage. Des bandelettes façon Ramsès II zébraient son torse.

– Tu as vu ? Chouette, non ? Bon, j'en ai gardé encore pas mal ! Dans quelques jours tout est fini. À moi le topless !

– Comment ont-ils réagi à ta démission, au bureau ?

J'imaginai les anguilles visqueuses tenter d'infléchir sa décision. La vie policière est une cour de récréation. Des téméraires, au fond du radiateur, prêts à tous les gros coups. Et les couards, du premier rang, le sourire fat à chaque remarque de l'autorité, prêts à japper et à s'entre-déchirer pour un morceau faisandé de place au soleil.

– Égaux à eux-mêmes. Je ne leur ai pas dit que je te rejoignais.

Ils le sauront bien assez tôt.

– C'est quoi ces cartons, sweetie ? Il me semble voir dépasser certains de mes objets.

Elle haussa les épaules, faussement détachée.

– Écoute... Franchement, c'était chargé. Tous ces bibelots accumulés. Comment te dire... Ça faisait un peu antre de vieux garçon, tu vois ? Je pensais donner un coup de frais, alléger un peu la déco, mettre des fleurs.

Pas idiot, tout compte fait. J'aimais ce pragmatisme typiquement féminin, et les touches de sensibilité qui allaient avec.

– Même la peau de grizzly ?

– Surtout la peau de grizzly !

La petite cave comprise dans le loyer fut rapidement pleine. Nous passâmes deux heures à organiser les dossiers, et à vérifier le bon fonctionnement de l'informatique. Il restait encore trois piles de papiers à classer. Dans un sac, discrètement entassées, une dizaine de bouteilles. Tout ce qu'il restait d'alcoolisé tenait dans le réservoir de mon Zippo cuivré. Carol tendit une enveloppe kraft épaisse, emplie d'objets épars.

– Au fait Thel, c'est quoi ça ?

La doc d'un tas de représentants, alléchés par mon nouveau statut : assurances, retraites, placements, couvertures médicales... Parmi eux, un type de chez *Spy Systems*. Il m'avait proposé l'attirail du parfait espion : appareil photo intégré dans un paquet de cigarette ou une cravate, micros discrets, déclencheur de portable-enregistreur à distance... Après plusieurs essais pour me familiariser avec l'engin, la cravate avait servi à shooter la carte postale. L'originale était dans mon coffre, après signature conjointe d'un reçu auprès d'Ingrid Malowre et, sous la douleur, le prélèvement de quelques-uns de ses cheveux avec bulbe pour l'expertise génétique.

– Tu as aussi les clés de l'Aston Martin qui va avec ? minauda Carol.

– Viens Monneypenny, je t'emmène manger. À pied ! Je t'expliquerai notre première affaire.

Par les rues noires de monde, nous nous frayâmes un chemin. Chez Theo Benelli, le patron de la trattoria, tout près du bureau. Une bille de clown, mais un as derrière les fourneaux. Moitié traiteur et moitié restaurateur, il comblait les vitrines de cette ancienne boutique de boulons tout autant que les papilles. Les étagères regorgeaient de pastas, tiramisus, gâteaux aux amandes, charcuteries et fromages de haute facture. Sans oublier une alléchante cave à vins et un bel assortiment d'huiles aromatisées. Il conseilla l'Osso Bucco du jour, qu'il salait toujours avec une pointe d'anchois. Un régal.

– Tu ne prends pas de vin ? J'ai pourtant un barolo des familles, dit Théo, le torchon sur l'épaule, l'air gourmand.

Il trouva un refus vigoureux.

– C'est vrai ? enchaîna Carol. Tu ne bois plus ?

J'exposai ma dernière résolution.

– C'est tout toi ! D'un extrême à l'autre ! À mon avis, ton Dexter ne t'a pas dit de ne plus boire, mais de moins boire. Tu es trop radical, Thel. Par contre, pour la clope, tu devrais l'être, affirma-t-elle, sûre d'elle.

– Comment ?

– Une pure saloperie ! Pour un indice de satisfaction limite. Divorce ! C'est comme si tu faisais un couple. Mais là, les torts sont d'un seul côté. Tu regardes ta cigarette et tu lui dis : nous ne vieillirons pas ensemble ! Tu arrêteras de me tuer à petit feu et de me piquer mon blé !

La formule nous fit rire. Elle n'était pas sans rappeler quelques femmes avec lesquelles j'avais frayé. J'extirpai une photocopie de la carte postale en guise d'échappatoire et procédai à un résumé précis de la situation. J'abordais chaque affaire comme un rouleau de pâte à modeler. Un boudin grossier qu'il convenait d'étirer progressivement, parfois à la limite. En évitant la cassure.

– C'est ça, notre premier cas ? Mais c'est top génial, Thel. À nous les lingots !

Elle trépignait. À juste titre. Face à la crise monétaire, la fièvre de l'or battait tous les records. Au cours actuel, le gramme s'échangeait à soixante dollars.

– T'emballe pas, sweetie. Ils sont loin d'être dans notre poche. Et on ne dispose pas de beaucoup de temps.

– Pardonne-moi Thel, mais, tu y crois à son histoire de cancer ?

Passé un temps de réflexion et dans l'incapacité de lui justifier un ressenti instinctif, je lui répondis que oui, sans en être totalement convaincu. Elle insista.

– Ne le prends pas mal mais tu t'es déjà fait avoir la dernière fois par Sue Barker, quand nous enquêtions sur ce trafic de drogue. Et je crois que ce n'était pas la première à t'avoir aveuglé. Méfie-toi de ton cœur d'artichaut.

Je pris la remarque de plein fouet mais n'en montrai rien. On balisa toutes les hypothèses. En étant le plus précis possible, le Diable se nichant dans le détail. Carol se chargeait de la carte : valeur, timbre, moyens de transports de l'époque. Elle se renseignerait aussi sur l'existence d'un acte d'état civil, naissance ou décès d'H. Schwarzbrod, qui aurait pu nous mettre sur la voie. À moi les agrandissements de la photo, la recherche ADN, l'éventuel sens caché dans le texte. J'avais aussi l'intention de passer un coup de fil à ce fameux avocat Bertram.

– Il y a tout de même des questions, Thel. D'abord, qui te prouve que la carte vient de Zanzibar ?

Je l'enjoignis de préciser sa pensée. Elle prit une gorgée de vin.

– Tu peux très bien acheter une carte postale de New York et la poster de Chicago par exemple. OK, le timbre montre qu'elle vient du Tanganyika Zanzibar, mais elle a pu être envoyée d'un autre bureau de poste dans le pays.

L'hypothèse ne m'avait pas effleuré, et je me pris à penser que j'avais fait le bon choix. Nous, les hommes, sommes trop liés au rythme de notre testostérone. L'action, le combat, tout de suite. L'afflux de sang qui empêche de réfléchir. La femme, naturellement réglée, est plus à même d'aborder ce monde de plus en plus mouvementé. Avec le recul nécessaire qui permet d'appréhender la plus complexe des situations.

– Bien vu. Tu te renseigneras sur les bureaux de poste en activité à cette époque. Il ne devait pas y en avoir beaucoup. Et le *tas d'or*, qu'est ce que ça t'évoque, sweetie ?

– Il me semblerait logique de vérifier que la traduction qu'elle t'a faite est exacte. L'allemand est une langue riche. *Assis sur un tas d'or !* pourrait avoir un sens différent de celui qu'on lui prêterait. Prévenant d'un danger ou autre chose. J'ai une amie autrichienne. Je vais demander son avis.

– Autre point que je n'explique pas : les oreilles.

– J'avoue que je suis perplexe, avoua-t-elle. Et que penses-tu du : « Je vous rejoins dès que je le peux ? »

– Le gars n'a pas une totale liberté de mouvements. Sinon, il aurait écrit « dès que je le veux ». Ou bien alors il prend le temps d'amasser son magot.

Nous en étions réduits à de simples conjectures.

– Bon, écoute, conclus-je. J'ai rendez-vous avec Hannibal pour le test ADN en fin d'après-midi. Avant, je dois passer régler quelques papiers, notamment pour régulariser ta licence. Faisons un point demain matin. Au fait, tu es vraiment sûre pour ma peau de grizzly ?

Hannibal travaillait tard. C'était un coroner, aux faux airs d'Anthony Hopkins, avec lequel j'avais élucidé nombre d'affaires. Il faisait un break, ses yeux extatiques plongés dans *Penthouse*. Normal, après l'autopsie de trois cadavres, dont un sans-abri faisandé retrouvé sous ses cartons quinze jours après son décès. Il avait à maintes reprises fait avancer mes enquêtes.

– Salut, beau gosse. J'ai besoin de toi.

Un peu de flatterie ne mangeait pas de pain. Il n'avait pas un physique très avenant, mais du charme. Petit, bedonnant, un regard vif, la calvitie idéale pour un aéroport à moustiques, il brillait par une intelligence hors norme et une bonne dose d'humour. Il se leva puis sortit d'un tiroir de la morgue une bouteille de vodka et deux verres.

– La température idéale, Thel.

J'interrompis d'un doigt ferme le versement à un niveau respectable. Nous trinquâmes en silence. J'extirpai de la pochette la carte et les cheveux.

– Voyons voir… tu baisses dans mon estime. Avant, tu m'amenais des cadavres nickel, bien truffés, limite décomposés. Des bouts de doigts, d'oreilles… Tu te rappelles l'autre taré à qui ta balle avait arraché la moitié du cerveau ? Et les égorgés ? Et le camé avec sa guibolle artificielle. Ça, c'était du boulot ! Que veux-tu que je foute de ton bout de carton. Laisse-moi voir… Zanzibar… tu te lances dans le clou de girofle ou quoi ?

Fans de cuisine, nous savions que c'était la spécialité de cette île. Je demandai une vérification auprès du labo de la concordance génétique entre le dos du timbre et les follicules. Il observa les cheveux au microscope, puis releva la tête vers moi. Son œil égrillard poussa à l'outrecuidance.

– Brune d'origine. Coloration récente. Cheveux épais et denses. Dans les soixante ans bien tassés. Ménopausée, mais aime l'amour sans limite et les beaux mâles la cinquantaine passée. Surtout les anciens flics. Adore les menottes et les légers coups de fouet. Dis-moi, tu as changé de braquet ?

Une joute de plus qui faisait partie du folklore.

– À vrai dire, elle serait en phase terminale. Lymphome ganglionnaire. Difficile de savoir si c'est vrai. Son physique est bien conservé.

Il reprit un ton sérieux.

– Si c'est exact, elle n'en a effectivement plus pour longtemps. Et ce n'est pas une maladie qui se traduit forcément par des stigmates extérieurs, releva-t-il. T'a-t-elle montré des analyses ?

– Non. Crue sur parole. Elle avait l'air sincère.

Je relus le texte de la carte pour qu'il y réfléchisse. Il conclut par une question que j'attendais.

– Aucun regret d'avoir quitté la police, Thel ?

Il devait pourtant savoir qu'on ne la quittait jamais tout à fait.

– Les desserts de la cantine, peut-être.

Je le laissai au milieu de sa paperasserie. Dans son monde où les vivants n'étaient qu'occasionnels. Dehors, le soleil avait plongé depuis longtemps dans l'horizon, sans se soucier du crépuscule.

4

Les clichés agrandis occupaient tout le bureau. Détails de la carte postale, embarcations, maisons, ainsi que le timbre et les mentions minuscules. Punaisée au mur, la phrase, dans le texte et traduite, dans l'espoir qu'elle provoque un déclic. Un tiroir avait accueilli mon nécessaire de nuit. Je mis le nez dehors pour un thé et quelques scones. L'air pinçait, mais un bel anticyclone semblait installé pour longtemps.

Alléché par l'énigme, John Davenport avait accepté de revenir. Il empocha un jeu complet de photos de la carte. En guise d'introduction, je lui rappelai ma première réaction. Je n'en avais rien dit, mais ça m'avait évoqué les phrases sibyllines que Radio Londres envoyait aux résistants pour annoncer les parachutages ou les opérations de sabotage : *Le gentleman à veston à carreaux*, *Bercent mon cœur d'une langueur monotone*, *Clémentine peut se curer les dents*... En témoignait aussi la belle autobiographie de l'écrivain et peintre Fred Uhlman. La phrase : « Il fait beau à Paris aujourd'hui », transmise par un coup de fil, l'intimait de fuir l'Allemagne nazie, précipitant ainsi son destin.

– Ce sont les phrases secrètes pendant la guerre et Enigma qui t'y font penser ? remarqua-t-il.

Enigma était le nom du transcripteur des messages secrets de l'armée allemande pendant la Deuxième Guerre mondiale.

– Tout à fait, Johnny. Je trouve pour le moins incongru qu'un militaire envoie en juin 1945 à son épouse et à sa fille une carte aussi... sibylline. Ce n'est qu'une hypothèse, mais je sais que tu as un don pour dénicher le sens caché de ce type de phrase. Un code à base des lettres, des éléments visuels... un rythme dans les fenêtres qui voudraient dire quelque chose, la date d'envoi... Que sais-je.

Deux heures de décalage nous séparaient de Cincinnati. La secrétaire fut aimable. Je me présentai. Peter Bertram décrocha au bout de quelques secondes.

– Monsieur Avogaddro ! J'attendais votre appel.

La voix était froide, déterminée. Le son provoquait instantanément chez moi des images. Un type malingre, paumes humides, teint pâle, lunettes rondes sous un front mangé par des cheveux raides. Chaussures mal cirées, concluant un costume noir à rayures qu'il enfilait tous les jours. Robot humain, réagissant aux émotions des autres, mais pas au gré des siennes.

– Une question préalable : Madame Malowre précise que vous lui auriez transmis mes coordonnées.

– Tout à fait. Mon patron, Monsieur Bousquié, avait entendu parler de vous, précisa-t-il d'un ton de major de promotion.

J'entrai tout de suite dans le cœur du sujet.

– Est-il exact que vous ne pouvez lui préciser l'origine de la carte ?

Il confirma alors la loi en vigueur dans l'Ohio.

– Comment l'avez-vous eue, alors qu'elle était adressée à la mère de ma cliente ?

– Je l'ignore, Monsieur Avogaddro.

– Mais il doit y avoir une explication !

– Je l'ignore, vous dis-je. Tout ce qu'on m'a demandé, c'est de la remettre.

– Qui, on ?

– Mon patron, Monsieur Bousquié.

J'accélérai le rythme des questions. Surtout ne pas lui laisser le temps de récupérer.

– Et vous ne pouvez pas nous dire, quand, où, de quoi est mort Monsieur Schwarzbrod ?

– Effectivement.

En plus d'être courte, sa réponse était inconvenante.

– Vous connaissez le prénom de « H » ?

– Je ne suis pas habilité non plus à répondre à cette question. Écoutez, je…

– Habilité ? Je ne comprends pas. C'est « H » pour Heinrich, Hans ? Him…

– Même si je le savais, je n'aurais pas le droit de vous le dire, affirma-t-il d'un ton plus contrôlé.

Une anguille avait dû lui faire don de son sang.

– Qu'est-ce qui vous permet d'affirmer que Monsieur Schwarzbrod est le père de ma cliente ?

– Je ne puis malheureusement vous donner plus de précisions.

L'adrénaline commençait à titiller mes veines. Mais je restai cool. Inutile de le braquer. Je revins à la première question.

– Comment saviez-vous que j'étais détective et pourquoi me recommander ?

– Je vous l'ai déjà dit. Mon patron, Monsieur Bousquié a eu vent que vous aviez quitté la police de New York et il connaît vos états de service, voilà tout.

Un peu bancal, mais je ne m'en formalisai pas.

– On peut lui parler, à ce Monsieur Bousquié ?

– Pas vraiment, j'en ai peur. Il est très âgé et ne passe que rarement au bureau.

Je raccrochai, à moitié satisfait.

Carol déposa son imposant sac à main sur le bureau. Elle s'assit bruyamment, tandis que je consignais l'échange téléphonique dans mon carnet.

– Que peux-tu mettre d'aussi lourd dans un sac à main, sweetie ?

– Secret de femmes, Thel. On emporte avec nous la moitié de la maison. On ne sait jamais si vous avez prévu qu'on revienne : vous êtes tellement imprévisibles ! Et dans mon sac – ne te gêne surtout pas si tu veux m'en offrir un – j'ai des piles de renseignements consignées sur l'ordinateur que voici.

Elle l'extirpa et le connecta au système du bureau.

– Tu vois, tu te trimbales avec ton cahier de notes en cuir bouilli sur ta fesse gauche. Moi je vis au XXIe siècle. Alors, voyons…

Elle cliqua plusieurs fois sur différents dossiers. « Thel détective » entrait dans la modernité. La traduction de sa copine autrichienne apparut, conforme à celle d'Ingrid Malowre. Pour elle, il n'y avait rien de caché dans « *Ma chérie. Je suis assis sur un tas d'or grâce à mes oreilles. Je vous rejoins dès que je le peux et à nous la belle vie ! Embrasse notre petite Ingrid. H* ». Et, le terme *assis sur un tas d'or* pouvait revêtir différents sens.

– Il y a une notion d'immobilité : on ne quitte pas sa place, remarquai-je.

Elle ignora la remarque et cliqua sur une nouvelle icône.

– Coup de chance, elle a consigné ses échanges avec son père basé à Vienne. Regarde, ce serait un nom typiquement allemand, à préfixe Schwarz : Schwarzmann – l'homme noir, Schwarzkopf – tête noire, et Schwarzbrod. Ces derniers seraient originaires de Bade-Wurtemberg et auraient bougé en Alsace, près de la frontière allemande. Ils seraient catholiques, mais des origines juives lithuaniennes ne seraient pas exclues.

Origine allemande, Seconde Guerre mondiale. « H » né approximativement en vingt-trois. Il me fallait vérifier si l'Alsace était déjà française.

– Là, nous avons sur ce site les transactions de cartes postales historiques, précisa Carol, les yeux rivés sur l'écran. Il paraît qu'à Paris ils en vendent au bord de la Seine. Tu m'emmèneras un jour ?

J'acquiesçai pour la forme, histoire de ne pas obérer son enthousiasme.

– Tiens-toi bien, notre carte vaut dans les... Allez devine !

– Sweetie, la peau de grizzly, je veux bien. Passer à l'ère moderne, ça me va aussi. Mais les devinettes, j'ai passé l'âge.

– Six... six dollars cinquante !

Au moins, nous n'aurions pas tout perdu.

– À cette époque, une carte de Zanzibar ne pouvait pas être achetée à Dar Es Salaam, mais uniquement sur place. Il n'y avait pas encore de tourniquets de cartes comme dans les stations balnéaires. Je leur ai transmis un scan. Ils sont formels : c'est un envoi par bateau. Par avion, il y aurait eu *Air Mail*, déjà en bleu marine. D'autre part, les bureaux de poste à l'époque n'étaient pas nombreux : Dodoma, la capitale, au pied du Kilimandjaro, Bagamoyo, Dar Es Salaam et Zanzibar, tous trois sur l'océan Indien.

« H » avait acheté la carte à Zanzibar. Un vrai pas en avant. Je la félicitai. Restait le gros morceau : retrouver une trace administrative de son passage sur terre.

Carol s'absenta pour un rendez-vous médical afin de faire retirer ses bandages. Restait deux heures à tuer, avant de rejoindre Dexter à Harlem. Nous étions convenus de nous retrouver vers dix-neuf heures trente, créneau où je commençais le dévissage de mes bouteilles.

Face à l'écran, je m'armai de courage et cliquai sur « Tanzanie ». Délaissant les safaris, je sériai la Première Guerre mondiale et ses conséquences géopolitiques.

Il apparaissait que l'Afrique avait été divisée en 1885 par les nations en voie d'industrialisation, dans le seul but de se partager les matières premières. Colonisée et pillée en coupe réglée : pétrole, bois, manganèse, or, uranium… par les Français, Anglais, Allemands et, à une échelle plus réduite, les Italiens et les Portugais. Le plus malin ? Le roi des Belges, Léopold, qui s'adjugea le Congo, aidé par l'explorateur Stanley. Sur la côte Est, en bordure de l'océan Indien, je relevai la prédominance des Anglais et des Allemands, respectivement colonisateurs du Kenya et du Tanganyika. Ils n'y avaient pas été avec le dos de la cuillère : la Reine Victoria avait offert le Kilimandjaro à son petit-fils, le futur Guillaume II, au prétexte qu'il se plaignait que deux sommets enneigés – le Mont Kenya et le Kilimandjaro – se trouvaient en territoire anglais, alors que la partie allemande du Tanganyika n'en disposait d'aucun.

L'Afrique orientale devint le théâtre d'opérations militaires de la Première Guerre. Après la capitulation allemande, la région battit pavillon britannique et prit alors le nom de Tanganyika. Les gouverneurs britanniques exercèrent une colonisation minimale, sur un principe également appliqué à Zanzibar de *Self Government* jusqu'en 1964, pour former alors l'actuelle Tanzanie, après fusion avec Zanzibar.

Une information me sauta aux yeux : le Tanganyika était donc anglais en juin 45. Des troupes devaient logiquement y stationner et contrôler le pays et les environs. Comment un soldat allemand avait-il pu envoyer une carte postale ? Démasqué, il aurait été arrêté sur le champ, voire passé par les armes. Différentes hypothèses prenaient corps : le gars avait pu s'enfuir de l'armée. Il aurait alors résidé caché à Zanzibar ou dans une autre ville tanzanienne. Proche de son « tas d'or », ou en train de le constituer. Un faux nom n'était pas à exclure. À moins qu'il n'ait été que de passage, soit sur un navire allemand, en escale à Zanzibar, île plus laxiste politiquement aux dires des historiens, soit dans un zinc qui se serait posé sur le terrain de fortune existant déjà à l'époque. Forcément un petit avion. Donc, de nombreuses escales. « Le tas d'or » près de lui.

Il me restait un peu de temps. L'adresse des registres des actes notariés tanzaniens apparut, au centre des archives diplomatiques, dans la capitale Dodoma. Le seul espoir de découvrir si un Schwarzbrod avait fait une acquisition à l'époque était de leur écrire. Je postai la demande, ignorant la célérité de l'administration locale.

Je tapais enfin « Schwarzbrod Tanzanie », et « Zanzibar », sans résultat.

Remerciant secrètement Mark Zuckerberg et toutes les icônes de la *Silicon Valley*, j'éteignis l'ordinateur. Ma Ford Mustang Cabriolet 65 me guida au *Lenox lounge* où m'attendait Dexter Roach.

Harlem avait bien changé. De nombreux immeubles y avaient été édifiés, dynamisés par la mise en valeur de trésors architecturaux. Territoire de chasse des Mormons qui recrutaient à tout va, ceux-là mêmes qui prônaient il y a peu la supériorité de la race blanche. Mais difficile de rester insensible, quand on vous offre église et terrains de basket accolés. Dexter Roach patientait sagement au bar, dans la salle à moitié vide : il y avait relâche. Je m'installai à ses côtés, pour notre premier échange donnant-donnant et commandai une eau minérale. Le tintement des glaçons me narguait.

– Hey, Thel, je suis comme un « coq en pâte » dans ton appart. C'est comme ça qu'on dit en France. « Coq en pâte »... Ça sonne bien, non ?

Il se mit à improviser un thème, en fredonnant. Appuyant sur certaines syllabes.

– Tu y as joué souvent ?

– Un paquet de fois. À Paris, surtout. C'était bien payé et... enfin, comment te dire... ils ne sont pas racistes. Tu vois, là-bas, les femmes blanches ne sont pas inaccessibles comme ici.

Le mythe. Le blues n'était pas que ce monument qui avait unifié les noirs aliénés. Il prenait aussi racine dans le refus de la femme blanche vis-à-vis de l'homme noir.

– J'étais habitué, Thel. Le jazz n'est qu'une histoire de racisme. Celui des plantations, des producteurs juifs.

Féru d'histoire de la musique, j'avais en mémoire que, à l'aube du siècle précédent, les minorités noires et juives se côtoyaient à Chicago. Les Juifs fuyaient les pogroms d'Europe centrale. Les Noirs, les lynchages du Sud. Ces derniers avaient juste assez pour louer des taudis dans le *South Side*, puis débordèrent sur les quartiers nord et sud du ghetto, côtoyant une population juive déjà implantée. Plus instruits, et faisant face au refus d'embauche des grandes multinationales, autant par protectionnisme que par antisémitisme – dans le sillage d'Henri Ford, les Juifs s'engouffrèrent dans l'industrie naissante du rêve, où pas un banquier n'aurait misé un nickel : le disque et le cinéma. William Fox, les frères Warner, Samuel Goldwin... Tous anciens poissonniers, fourreurs... Une touchante solidarité avait du reste réuni les grands cinéastes qui fuyaient le régime nazi, Fritz Lang, Charlie Chaplin et Marlène Dietrich en tête.

Si les Juifs migrèrent professionnellement, ils gardèrent leurs actifs. Les Noirs faisaient ainsi leurs emplettes dans les boutiques juives et ne les considéraient pas comme des Blancs. Le leitmotiv : « Vous aussi, vous étiez des esclaves, avant nous ». Ces boutiquiers étaient aux premières loges pour capter les nouvelles vibrations de l'après-guerre de ces musiciens noirs faisant la manche. *« Le street wise »*. Les Juifs devinrent naturellement leurs producteurs. À titre d'exemple, le label Blue Note que j'affectionnais – propriété d'Alfred Lions et Francis Wolff – deux Juifs allemands émigrés, offrit sa chance à de nombreux jeunes musiciens de jazz noirs. Si je parodiais, le *blues* serait né de la fusion *Black and Jews*. Et j'imaginais que nous ne tarderions pas à assister à la naissance de nouvelles tendances créatives, suite aux migrations massives des victimes de cracks boursiers de toutes races et toutes religions, incapables de s'acquitter des crédits et qui s'entassaient dans de nouveaux ghettos.

J'évitai le raccourci facile qui laissait croire à un simple rapport d'exploitation entre les communautés noire et juive. Le ton de Dexter ne l'indiquait pas, mais je souhaitais rétablir une part de vérité.

– Tu oublies que Louis Armstrong portait souvent l'étoile jaune en souvenir de la famille Kamofsky, qui lui avait offert son premier cornet à pistons. Et *Strange*

Fruit ? N'est-ce pas là l'un des cadeaux majeurs faits par un Juif à la cause noire ?

L'un des plus beaux thèmes de jazz, magnifié par Billie Holiday. Composé par Abel Meropol, bouleversé par les photos du lynchage de deux Noirs pendus aux arbres, « fruits étranges ».

Je changeai de sujet.

– D'où tiens-tu ce phrasé ? Quand tu joues, c'est assez unique, affirmai-je sincèrement.

La lumière se fit plus dense dans ses yeux. Il expliqua que la musique était comme les cubes en bois qu'il avait eus enfant. Qu'il fallait déplacer, interposer les notes, du mieux possible.

Il se mit à fredonner des phrases be-bop, en tapotant des doigts sur le comptoir. On discourut une bonne heure encore. Je me sentais bien à son contact, lui qui n'était habité par aucun sentiment de revanche. Tolérance. Que j'aurais aimé voir gravée au pied de la statue d'Abraham Lincoln.

Je le raccompagnai. La rue haletait derrière sa cagoule nuit foncée. Les vitrines exhalaient leurs écrins vides. Je me sentais heureux, apaisé. De ne pas avoir bu, de commencer à dompter l'informatique. Mais surtout, d'avoir saisi un formidable instant d'humanité.

Il y a des moments dans la vie où on a l'impression qu'on ressent les choses et qu'on ne peut les exprimer : les mots que l'on voudrait prononcer ne passent pas. Ce qu'on voudrait dire est bien au-delà.

La cinquantaine passée, le tronc finit par percer la canopée et saisir les rayons chauds.

5

Un krill de miasmes en suspension couvait encore un pâle soleil. Je me rendis dans un bain public et déposai mes affaires au pressing voisin. Les échanges de la veille avec Dexter me revinrent en mémoire. Il était dans le vrai. Notre pays avait connu la mondialisation avant l'heure. On venait de partout, et en même temps on était de nulle part. Pas la peine d'aller chercher plus loin la cause de nos grandes ascensions et dépressions.

Rasé de près, je me remis au travail. Deux jours déjà, sans progrès notoire. Je relus mes notes et allumai mon nouvel ami, après avoir rempli le questionnaire du bonheur.

L'Alsace était française à l'époque de la naissance de « H ». Ses origines étaient plutôt à chercher en Allemagne et Carol s'en chargeait. Je tapotai « ressources minières tanzaniennes ». Mes yeux s'animèrent. Le sous-sol était assez riche, encore largement sous-exploité : métaux pauvres, fer, diamants, pierres précieuses et... or. Et pas n'importe quoi : deuxième plus grande réserve aurifère, après l'Afrique du Sud ! Les premières prospections et exploitations remontaient à la période de la colonisation allemande, au début du vingtième siècle, avec la découverte des premiers gisements autour du Lac Victoria.

Tout excité, je me levai pour me saisir du paquet de Lucky et fis le tour de la question minière avant la neuvième cigarette. J'étais plongé dans un vrai *Far East*. De nombreux exploitants blancs qui avaient défendu leurs concessions à coup de flingues. Trafics en tout genre, coups tordus. Je repensai au voyant consulté par Ingrid Malowre. Je n'y croyais pas trop. Cependant, il lui avait dit que « H » était entouré de beaucoup d'eau. Le lac Victoria constituait une véritable mer intérieure.

« H » avait très bien pu acquérir ou trouver un filon. Contrairement aux premières impressions, il était plausible qu'il soit passé inaperçu dans le pays, encore peuplé de descendants allemands des premiers occupants. Qui aurait été le chercher en période de guerre aux confins du pays, à plusieurs milliers de kilomètres, où on ne trouvait que des pistes en terre et un chemin de fer ?

Je continuai de parcourir d'autres données, étonné par les incroyables convergences avec notre conquête de l'Ouest : l'or, les grands espaces, et en guise d'Indiens, la traite des Noirs qui remontaient à pied la région des grands lacs pour être vendus à des Sultans. Bagamoyo, Zanzibar, sur l'océan Indien, autant de plateformes vers l'oubli. J'ignorais pourquoi était toujours évoqué l'esclavagisme côté occidental, et rarement celui que je touchais du doigt.

Le téléphone m'arracha à mes rêveries. Hannibal. Le dos du timbre avait parlé. Test ADN positif. Un lien de sang existait entre Ingrid et M. « H ». Il n'avait pas découvert de sens caché, mais suggéra une idée.

– Il aura entendu un secret lui permettant de gagner de l'argent, chuchota Hannibal sur un air conspirateur. Pas forcément de l'or.

Je retenais le sens figuré de sa remarque, mais l'histoire d'or trouvait écho en moi. Un feeling inexplicable, que certains ressentaient devant la future femme de leur vie. Pour ma part, c'était face aux énigmes.

Le temps était venu d'informer Ingrid Malowre. J'avais décidé de lui annoncer chaque nouvel élément comme une avancée majeure, histoire de lui donner du baume. Sa voix suave répondit à la quatrième sonnerie.

– Je ne vous dérange pas ?

– Nullement, détective. Je suppose que vous avez des nouvelles.

– Une très très bonne. Excellente même. La carte vaut six dollars cinquante. En fonction de nos accords, je garde trois dollars vingt-cinq. Je préférerais des espèces.

Son rire spontané me fit chaud au cœur. Je retrouvai mon sérieux.

– Le test ADN est positif. C'est bien votre père. À moins que vous ayez des frères et sœurs.

Un souffle libéré se fit sentir.

– Pas que je sache.

Je poursuivis.

– Nous analysons la carte. Vous êtes bien certaine qu'il était dans l'armée allemande ?

– Détective, c'est bien ancré dans ma mémoire d'enfant. Je revois le visage de ma mère disant qu'il était parti à la guerre et qu'il reviendrait bientôt. Je n'en comprenais bien sûr pas le sens.

– J'ai cuisiné notre Bertram. Pas facile, le bonhomme.

Elle n'avait pas l'air plus déçu que ça. Je m'enquis alors de sa santé.

– Des migraines épouvantables vrillent mon cerveau. Comme un trépan qui se réveille en pleine nuit.

Je compatis et, après quelques amabilités, lui promis de la tenir informée.

Carol poussa la porte vers quatorze heures. Elle exhibait fièrement sa poitrine sous un superbe décolleté à fleurs.

– Fini les sparadraps ! Tiens, elle est jolie, ta cravate.

– Heureux qu'elle te plaise, sweetie. Je me sentais d'humeur à me saper, à être « hipe ».

– À être quoi ?

– Laisse tomber… Tu ne peux pas comprendre, c'est un truc de jeunes !

Je lui montrai fièrement notre site internet. En cliquant Thel.com, on tombait sur nos photos et un bref topo de la philosophie de l'agence. Elle eut droit à un bilan de la matinée. L'histoire de la mine d'or l'excitait aussi.

– C'est au moins une bonne nouvelle. Moi, je patauge. Je ne savais pas que c'était si compliqué de retrouver un mort.

Elle avait tout essayé : le site en ligne *Death & Records* qui répertoriait, État par État et comté par comté, les certificats de décès, avis de notices nécrologiques, indices d'inhumation et registres des cimetières. Commençant logiquement par l'Ohio, puis par ordre alphabétique. Elle fit un break à Nebraska, après s'être coltinée vingt-sept États et après avoir passé en revue les sites d'immigration type ellisisland.org, familysearch.org – site mormon réputé pour contenir des informations intéressantes. Travail de titan, dont je sentais qu'il ne mènerait nulle part. Le manque de centralisation des données entre États constituait la faiblesse de notre système. Et illusoire de demander au FBI, avec lequel je m'étais frité tout au long de ma carrière.

– En plus, nous n'avons aucune certitude que le gars soit mort ici. Je ne vois qu'une seule solution : aller à Bonn et fouiller les archives, suggéra Carol. Si elles n'ont pas brûlé comme tant d'autres à la fin de la guerre.

Sa proposition s'insinua dans mon cortex. Il fallait circonscrire le facteur temps qui jouait contre nous en s'accrochant à un début de piste. Par tous les moyens.

– Et Mark va accepter de se passer de toi ? questionnai-je, un rien narquois.

Son petit copain depuis six mois. Ils devaient s'installer ensemble, mais je n'en entendais plus parler.

– Je l'ai largué !

Ce n'était pas la plus mauvaise nouvelle de la journée. Elle allait arriver sous la forme d'un appel de John Davenport.

– Ne me dis pas que tu n'as rien découvert, demandai-je en branchant le haut-parleur.

– Je suis assis sur un tas de… rien du tout, Thel ! J'ai tout essayé. Scruté dans le moindre détail la photo. J'ai même rentré la phrase dans le Cray de la fac. Tenté des algorithmes. Rien, nada. S'il y a un code ou un sens caché, il n'y a qu'Einstein qui pourrait le découvrir. Et encore.

Cachant notre déception, je raccrochai, après l'avoir chaleureusement remercié. Carol réagit positivement devant mon air las. Elle suggéra d'attendre les dernières réponses du service de l'immigration et d'aviser ensuite.

– Pas de regret pour Mark ?

– Ne te bile pas ! Je me sens libre. Et à la vitesse à laquelle je vais désormais pouvoir courir, j'arriverai bien à en attraper un de sympa…

De l'atmosphère noire pétrole jaillit un rai de lumière poussiéreux qui éclaira les planches et un homme, beau comme Lucifer, derrière un micro de pied. Derrière, en rythmique, un trio aux commandes d'une maille électrique et boisée. Face à eux, un public enchevêtré et dense comme une mangrove. La sonorité de la voix emportait les plus sceptiques, grassement avachis sur les moleskines. Côte à côte, derrière le comptoir, Dexter et moi, imprégnés.

– Hey, Thel. T'as vu ? Il y a des jeunots qui ont encore la pêche !

– Je repensais à notre discussion d'hier, Dexter. Il y avait aussi beaucoup de racisme entre Blacks.

Les Noirs américains sont issus de métissage.

– La ségrégation était parfois pire entre nous. Tu sais… mon album chez Blue Note avec Miles… Quel raciste, celui-là. Il se croyait supérieur de par ses origines, ses traits parfaits… Note qu'il avait la classe, dit-il en chantournant les silences.

– Tu as fait combien d'enregistrements chez eux ?

– Trois. Putain, Thel, fallait se battre ! Pour la qualité du son. Il y avait un king aux enregistrements. Il avait entendu toutes les légendes de la 52e. Lundwall. On l'appelait *The Golden Ears*.

Je bousculai mon verre d'eau minérale sur le comptoir.

– ? !… Répète, Dexter. *Golden Ear*, oreille d'or ?

– Thel, l'oreille absolue. On appelle ça une oreille d'or. Tu connaissais pas ?

D'habitude, je n'aimais pas trop camper la posture de l'abruti. Mais venant de Dexter, l'information s'insinuait dans mes viscères comme une coulée de miel. Muni du stylo du barman, j'écrivis fébrilement la phrase de la carte postale et la fis glisser sous ses yeux, lui expliquant le contexte, la Tanzanie, la guerre. Il la fixa, puis la récita en musique, intervertissant les mots.

– Regarde, voilà ce qu'il a voulu dire ton gars par *assis sur un tas d'or grâce à mes oreilles*.

Là où le cartésianisme de John Davenport et de l'ordinateur avait échoué, Dexter et le vocabulaire de son art entrouvraient une possibilité : H. Schwarzbrod écrivait qu'il était doté d'une oreille d'or. L'oreille absolue. Capable de percevoir tous types de sons, sur des fréquences très larges. Je m'excusai et sortis téléphoner.

Carol bafouillait quelque peu. Je crus l'avoir réveillée.

– Tu es à Flushing Meadow ?

– Sweetie... Je viens de te dire que je t'appelle avant que le chanteur ne reprenne. Ça s'appelle un set. Faut vraiment que je fasse ton éducation musicale !

– Je plaisantais !

Elle bâilla profondément pendant le compte rendu et réussit à articuler.

– Gertrud Schwarzbrod devait connaître ce don chez « H », non ? Donc, il faut y voir une autre portée : Je suis assis sur un tas d'or *grâce à mes oreilles*... voudrait dire *j'utilise le don que tu me connais pour faire un maximum de fric* ou *je suis assis sur un tas de quelque chose grâce à mes oreilles en or*.

– Hannibal suggère un secret qui lui aurait permis de gagner de l'argent.

– Malin. Mais on n'est pas plus avancé.

Je repris la parole.

– Tu te rappelles le voyant, il...

– Tu crois aux voyants, maintenant ? pouffa-t-elle.

– Écoute-moi... Le gars viendrait d'une famille où l'art aurait eu une place majeure.

– L'art n'est pas que musical. Mais admettons que le voyant soit dans le vrai : ce n'est pas parce que sa famille pratiquait la musique qu'« H » en jouait. Ou alors, il aurait été célèbre. Pas en Tanzanie, où il n'y avait ni opéra ni salles de spectacles. Éventuellement, au retour d'une tournée en Afrique du Sud. Et encore... C'était la guerre, Thel, pas vraiment propice à des concerts. Le concret, c'est ta découverte sur les mines d'or tanzaniennes.

– Sweetie, j'émettais juste l'hypothèse qu'un don avec ses oreilles concordait avec une famille musicienne.

Elle bâilla de nouveau.

– Ma mère joue du piano et je chante comme une casserole !

Point sur lequel il n'y avait rien à redire.

– Restons sur le « tas de quelque chose ». Le *je vous rejoins dès que je le peux* suppose un déplacement, un transport. Le *À nous la belle vie !* un bon paquet. Pas forcément de l'or. Un secret ? ... Bon, je te laisse ronfler avec tes bigoudis. Demain, c'est dimanche. Tu fais relâche.

·

Le deuxième set fut un accomplissement total. Le gars sortit sous les vivats. J'avais fait une exception sous forme d'une bière brune. Dexter continuait à l'eau.

– Je pensais à un autre truc, Thel. J'y ai réfléchi pendant que tu téléphonais.

Toujours cette voix grave et traînante.

– Un truc que j'ai vu à l'armée, poursuivit-il.

– Tu as fait l'armée, toi ?

– Quand j'étais jeune, j'étais pas très bon à l'école. Je jouais du sax à longueur de journée... Alors, tu vois... mon père m'avait à moitié foutu dehors, quand il ne me cognait pas dessus. J'ai vu une pub de la Marine et je me suis fait incorporer dans *Le US Navy Band*. Des sacrés musiciens ! Et tu sais ce que le commandement recherchait le plus ? Des gars à l'oreille absolue. L'oreille d'or. J'ai passé les tests avec succès. Ils m'ont même proposé un contrat que j'ai refusé.

– Pour quelles raisons ?

– Hey ! Je n'avais pas envie de passer ma vie dans un sous-marin !

Je faillis tomber du tabouret. Un sous-marin… ! Dexter expliqua que posséder une oreille d'or signifiait repérer l'ennemi, anticiper les dangers et comprendre l'environnement proche dans l'eau.

– Et c'était bien payé ?

– Pas plus qu'un autre marin.

Je le fixai, admiratif.

– Dexter… tu es plus fort qu'Einstein !

– Hey, tu vois, mieux qu'un Juif ! s'esclaffa-t-il.

Après cette révélation, le temps, subitement, se pressa un peu plus. Ma Mustang léchait frileusement le bitume en un chuintement soporifique. Je donnais de la tête à gauche et à droite, vieux réflexe de flic. Mes pensées débordaient comme un fleuve sort de son lit et divague, sachant qu'elles finiraient par se canaliser. Oreille d'or. *Je suis dans un sous-marin et assis sur un tas grâce à mes oreilles d'or*. H. Schwarzbrod officiait dans la Kriegsmarine ! La marine allemande. Si je recoupais cette information avec l'hypothèse d'un transit de « H » à Zanzibar, le moyen le plus discret restait bien le sous-marin.

Ça méritait un coup de bourbon. Mais pas au Jimmy's. Au bureau, seul. En gardant le fil continu, dans le sentiment d'exaltation inépuisable qu'apportait l'avancée de l'enquête. J'avisai un drugstore. Quitte à boire peu, autant boire bon.

6

L'ÉTÉ JETAIT SES PREMIERS FEUX. Les ferries déversaient les touristes sur Liberty et Ellis Island. *The city that never sleeps* ouvrait un œil torve, puis émettait son bourdonnement habituel.

Ici, nul repos pour les tympans. À l'image de son maire, Bloomberg, hyperactif. Drôle de type, au passage. Vingt-cinquième fortune mondiale, à la force du poignet. Et son lot de controverses. Dans le bon vieux temps, le maire se faisait acheter. Tout le contraire avec lui : il avait réduit au silence toute opposition. On lui devait tout de même une orientation plus écolo : pistes cyclables, interdiction de fumer dans les parcs, refus de vente de boissons sucrées aux détenteurs de coupons alimentaires. Le tout dans le *PlaNYC 2030*, son plan sur le renouvellement durable. Le vert était dans la pomme.

J'avais pour habitude, les dimanches matin, de flâner dans une église d'Harlem, histoire d'évacuer la semaine au son des Gospels. La manière de prier et d'enterrer les morts dans la ferveur me plaisait. Plus noble que les litanies soporifiques, entrecoupées de bruits de mouchoirs. Je faisais l'impasse cette fois : un brunch à Brooklyn m'attendait. J'y affectionnais les dizaines de quartiers très divers où s'était déplacée l'énergie qui avait construit le charme de Big Apple. Pas un jour sans un nouveau restaurant, une nouvelle galerie de peinture, une usine rénovée.

Jane Clear, ma voisine de palier qui avait accepté l'invitation, m'attendait au *Superfine*, réputé pour son brunch musical. Jane était donc l'ostéopathe avec laquelle j'avais entrepris un travail de fond. Une spécialiste également de l'énergie transgénérationnelle, thérapie qui s'intéresse aux traces psychologiques transmises entre générations. Elle m'avait libéré d'un grand poids en mettant le doigt sur l'une de mes brûlures, la perte de Laura, ma sœur, assassinée. Au propre comme au figuré, tant ses mains fines avaient marqué au fer rouge mon poitrail, à l'emplacement précis où les coups de couteaux lui avaient ôté la vie. La catharsis avait même fait ressurgir le nom d'un suspect, Kendrick. Un type peu recommandable, que ma sœur fréquentait à l'époque. Pris par ma nouvelle activité de détective, j'avais suspendu le traitement, acceptant néanmoins de temps à autre une séance.

Menue, les cheveux courts, Jane avait des yeux débordant d'énergie. Je la tenais en haute estime. Une femme curieuse, passionnée d'histoire et riche d'un vécu qu'elle commençait à partager. L'invitation était intéressée : Jane était toujours de bon conseil.

– Dites, Thel, je ne vous vois plus beaucoup au cabinet. Ce n'est pourtant pas la distance.

Son officine faisait face à la mienne. Je détaillai mon temps passé à mettre du charbon dans la forge de ma nouvelle activité. Une serveuse déposa deux omelettes fumantes au chorizo.

– Mais vous allez me croiser de plus en plus. Je suis provisoirement installé dans le bureau pour y dormir, rajoutai-je.

La présence de Dexter dans mon appartement fut évoquée.

– Il faut du temps pour digérer ce que nous avons mis en évidence sur votre parcours, précisa-t-elle. D'ailleurs, si je ne me montre pas trop indiscrète, que comptez-vous faire de ce...

Elle cherchait ses mots en moulinant sa fourchette.

– Kendrick ? répliquai-je.

– Oui, voilà. C'est bien lui que votre catharsis a fait apparaître comme assassin possible de votre sœur ?

– Tout à fait. Ma mère, avant de mourir, m'a indiqué où se trouvait le véritable dossier d'enquête. Il m'avait été caché par des collègues... Peut-être cherchaient-ils à me préserver.

– Aucun sentiment de vengeance ne vous anime ?

Un temps de réflexion fut nécessaire.

– Le moment n'est pas encore venu. Cela semble inexplicable. Peut-être qu'au fond de moi je sais que j'irai un jour au bout de l'histoire. En cow-boy solitaire, dans la plus pure tradition américaine, stetson sur la tête et colt en main, en quête du dernier duel sur fond de soleil couchant.

Les cafés m'offrirent l'opportunité de lui exposer l'enquête. Son intérêt se fit pressant.

– C’est un drame d’ignorer qui est son père. En découlerait le pourquoi elle n’a pas eu d’enfant. De peur que le schéma se reproduise avec un géniteur absent. L’énergie familiale, Thel. Essentielle pour comprendre les filiations et les choix de vie. Le fantasme qu’il ait pu être un nazi officiant dans la Kriegsmarine n’arrange rien.

– Elle l’ignore pour le moment. Je ne lui en ai pas encore fait part.

– Thel, avez-vous vu le film *Das Boot* ?

Je répliquai par la négative.

– Un film magnifique, basé sur une histoire vraie qui retrace le cauchemar de l’équipage d’un U-Boot en 1943. Il y en a eu d’autres sur le sujet, mais il est le meilleur à mes yeux. Surtout du point de vue des ressources psychologiques. Il a été réalisé sous le conseil d’anciens officiers de la Kriegsmarine. On se rend compte de l’abnégation de ces jeunes marins, de la solidarité qui les unissait et de leur fidélité aveugle au système.

Je ne fus pas long à me laisser convaincre. Il était même inespéré de pouvoir m’imprégner du caractère et des faits et gestes de cette unité d’élite, afin d’imaginer leurs réactions en temps voulu.

On flâna ensuite dans Brooklyn Heights, admirant la vue sur Manhattan. Je la raccompagnai vers une heure de l’après-midi. De retour au bureau, je fis un point sur cette nouvelle piste qui s’ajoutait à la mine tanzanienne : le sous-marin. H. Schwarzbrod avait pu avoir à son bord une cargaison monnayable. Soit il en avait été informé dès le départ, soit il l’apprit par l’écoute d’une discussion confidentielle. Je trouvai les coordonnées de l’Ambassade tanzanienne et du Navy Yard, au *Naval Historical Center*, les deux basés à Washington.

Une enquête est un combat terrible et exaltant. Qui se gagne centimètre par centimètre.

7

Le test du bonheur s'afficha. « Avez-vous bien dormi ? ». L'envie de balancer l'iPhone par la fenêtre me traversa. Mon sommeil ressemblait au passage du Cap Horn, des growlers en permanence. Gorge tendue devant de grandes bourrasques glacées, véritables guillotines morales. Mon fils Tom avait hanté ma nuit. Il gambadait, ses boucles blondes au vent, tel un elfe dans ma forêt noire. Le courage d'affronter sa mort me fuyait. Je déconnectai le programme et entrebâillai la fenêtre. Une vague de chaleur déferla, sous un carnaval de lumière et de cacophonie urbaine. Carol ne devant pas tarder, je m'habillai en toute hâte.

Elle entra, un thé fumant et des muffins à mon attention. Je l'informai des dernières avancées.

– J'ai réfléchi à ta suggestion, sweetie : je te paye le billet pour Bonn. Il faut fouiller les nécros et les fichiers de la marine allemande.

La décision de l'envoyer seule avait été difficile à prendre et je l'avais ressassée tout le week-end. Après tout, il fallait bien qu'elle fasse ses classes, et le voyage n'était pas risqué. Et puis l'enquête devait aussi avancer de ce côté-là de l'océan. Nous séparer nous ferait gagner un temps précieux.

Je l'accompagnai à la banque et lui confiai la double signature du compte, crédité de onze mille cinq cents dollars. Nous ressortîmes avec des euros et des billets verts, la tête un peu basse, vu le change. Nous convînmes de nous retrouver en fin de journée.

Après un solide déjeuner, je retournai au bureau. L'entretien avec l'attaché culturel tanzanien se déroula courtoisement. Il confirma la présence de nombreux Allemands et promit d'effectuer des recherches.

Le Navy Yard, comme toute administration qui se respecte, demanda plus de temps. Muni de ma voix de crooner, qui permettait de franchir le barrage des secrétaires les plus récalcitrantes, et après de longs conciliabules chuchotés, j'obtins les coordonnées d'un historien de la marine que je contactai aussitôt.

Jim Dixon avait le souffle épais du fumeur. À l'entendre, sa passion des bateaux remontait à l'âge de dix ans. Un incollable, sautant d'une idée à l'autre, féru d'histoire. Retraité, il conservait un bureau au Navy Yard. Je lui exposai l'enquête, la remarque de Dexter et nos hypothèses.

– Pythagore, au ve siècle, fut le premier à étudier la production du son. *Acoustique* vient d'ailleurs du grec *akousticos*, « qui concerne l'ouïe ».

Je prenais ça dans les dents en guise d'introduction, et m'attendais au pire. À l'autre bout du fil, un probable

Amiral Nelson, coiffé d'un cornet, une longue-vue au bras.

– Deux siècles plus tard, Aristote constata que les animaux marins émettaient des sons, variant selon les couches et la salinité de la mer. Tenez, les pêcheurs chinois par exemple utilisent des tubes en bambou pour écouter les bancs de poissons.

Intarissable, vous disais-je.

– Et puis, dites, il ne faut pas confondre sous-marin et submersible.

Il fit une pause, pour l'effet.

– Le submersible, utilisé par la marine allemande, passait le plus clair de son temps au ras de la surface. Au contraire du sous-marin, mis au point juste à la fin de la guerre, qui naviguait essentiellement en plongée. Mais, bon, tout le monde utilise le terme de sous-marin, alors…

J'éloignai l'appareil et laissai sa pensée dériver. Les *Unterseeboote U-47, 64, 534, 977*, le *Hunley*, premier sous-marin américain de l'histoire, s'égrainèrent. La page blanche de mon carnet restait blanche, le stylo levé. S'il poursuivait ainsi, les recherches finiraient… encalminées.

– Est-il vrai qu'on recrutait des oreilles d'or parmi les musiciens ? me risquai-je.

– Tout à fait exact, jeune homme. À l'époque, la TSF existait à peine. Le seul moyen d'écoute était sous la responsabilité de l'oreille d'or, dont le rôle était de détecter, au milieu de sons naturels comme les chants des baleines, les clics des dauphins, les bruits de vagues, les moteurs, hélices, sonars et torpilles des navires ennemis. D'ailleurs, les Allemands privilégiaient l'écoute passive aux antennes.

Les miennes commençaient à chauffer quelque peu, tant Jim Dixon fendait de son étrave verbale le temps de parole, par fragments et bribes. Je l'assaillais de questions aux moindres reprises de sa respiration. Un type passionnant, mais décousu, qu'il fallait sans cesse recadrer.

– Hitler ne croyait pas aux sous-marins, martela-t-il, bien que l'amiral Dönitz en réclamât pour asphyxier l'Angleterre. Le vrai tournant de la guerre. Dönitz ne sera entendu qu'en 43, mais trop tard. C'est historique. Cependant, pendant les premières années de guerre, leur flotte de submersibles créa des dégâts considérables. Considérables ! En 40, l'Allemagne disposait d'une marine de poche ! À sa tête, des jeunes officiers de l'ancienne marine impériale. Des cracks qui harcelaient les convois par la tactique des « meutes de loups ».

Grâce à l'action combinée du radar, du sonar, des codes fournis par Enigma et des patrouilles aériennes, plus de huit cents U-Boats au total couleraient, entraînant la mort de trente mille marins précisa Jim Dixon.

– Le 30 avril 45, Dönitz succéda à Hitler. Le 7 mai, il ordonna à ses U-Boats de se rendre. Certains préférèrent saborder leur bâtiment. D'autres, plus d'une vingtaine, se seraient volatilisés. Que sont-ils devenus ? Allez savoir…

Je ne l'écoutais plus. La date du 7 mai 45 m'interpellait. H. Schwarzbrod avait envoyé sa carte le 14 juin 45, soit plus d'un mois après la reddition de Dönitz. S'il avait été dans un sous-marin au large de la Tanzanie, il aurait été emprisonné quelque temps, puis libéré après quelques années. Il aurait rejoint sa famille. Que s'était-il passé ? s'était-il enfui ? avait-il eu vent d'un filon d'or près du Lac Victoria ? L'équipage avait-il décidé de vendre le sous-marin et la cargaison à une puissance de la région ?

– Était-il possible qu'en juin 45 un sous-marin... Heu... je veux dire un submersible, ait pu se trouver au large de Zanzibar ?

– Il n'avait rien à faire là. L'endroit n'était pas une zone de combat. Quoique, il y avait de nombreux échanges avec leurs alliés japonais. En naviguant de nuit, pour éviter les bateaux alliés, pourquoi pas. Mais il lui fallait un *Milchkuh* !

Qu'est-ce que c'était encore ? Il précisa que les submersibles de l'époque nécessitaient des sous-marins ravitailleurs en vivre, carburant et nouvelles fraîches, les « vaches à lait ».

– Quelle était l'autonomie, sans *Milchkuh* ?

– Environ cinq mille miles. En naviguant en surface.

Près de six mille kilomètres.

– Combien de personnes à bord ?

– Une cinquantaine. Mais une poignée suffisait à le manipuler. Les postes clés étaient aux mains du commandant, de l'oreille d'or, du mécanicien et de l'électricien. Écoutez, ma femme m'appelle. Elle fait une dinde rôtie comme personne. Je vais fouiller dans les archives. Nous en avons récupéré beaucoup à la Libération. Plus de quatre mille rouleaux de microfilms, dont la plupart n'ont pas été encore consultés. Je suis en contact permanent avec un historien du club des sous-mariniers de Saint-Pétersbourg. Eux aussi ont mis la main sur de nombreux documents allemands. Nous avons élaboré une carte marine, positionnant en temps réel à cette époque tous les bâtiments flottants.

Je demandai si les sous-marins avaient pu transporter une cargaison enviable.

– Certainement ! Par exemple, l'*U-534* contenait de l'or. Il a été coulé par un avion anglais en mai 45, au large du Danemark.

– Vous voulez dire que des officiers allemands auraient pu s'enfuir avec de l'or ?

– Les rats quittaient le navire, emportant avec eux des archives, des secrets, des tableaux, de l'or. Avez-vous entendu parler de la réunion secrète de la Maison Rouge à Strasbourg ?

Je l'informai que non. Un « chéri » strident résonna derrière lui. Il accéléra le débit, pris par sa propre passion.

– Himmler avait déjà pris conscience en 44 du caractère inéluctable de la défaite. En août de la même année, il rencontra secrètement dans cette auberge soixante-sept hommes d'affaires triés sur le volet. Le but était de construire un quatrième Reich, à partir de fonds de ces sociétés et leurs secrets industriels et militaires. Avec les routes coupées, restaient les cachettes terrestres naturelles et les sous-marins. Imaginez le patron d'un submersible – vingt-deux ans de moyenne – à l'autre bout du monde, avec dans ses cales une arme militaire ou de l'or, venant d'apprendre la reddition de son pays.

La voix l'enjoignait fermement de se mettre à table. Il m'invita alors à venir le voir à Washington. L'idée trouva preneur. Le sentiment que l'enquête venait réellement de s'enclencher m'envahit comme la chaleur d'une couverture.

Je suis assis sur un tas d'or grâce à mes oreilles. Je vous rejoins dès que je le peux. Je contemplai la phrase accrochée au mur et en scotchai une nouvelle, au dessus : *Je suis oreille d'or dans un sous-marin et suis assis sur une cargaison monnayable.* Restait le *je vous rejoins dès que je le peux.* H. Schwarzbrod avait dû négocier.

Carol passa la tête. Je lui fis un compte rendu.

– Thel, tu m'as bien précisé que les officiers de la Kriegsmarine étaient recrutés plutôt jeunes ?

– Aux dires de Jim Dixon. Pourquoi ?

– Dans ce cas, il y en a peut-être encore un ou deux en vie, non ?

Quand je vous dis que les femmes ont les bons réflexes. Je décochai une moue admirative et prodiguai les derniers conseils : se montrer patiente, imaginative, attentive, et recenser des faits en apparence anodins. Je la serrai dans mes bras, le cœur un peu lourd de la voir s'éloigner vers l'inconnu.

Je fis un saut à mon domicile, plongé dans la pénombre. Ma main glissa sur le mur et trouva l'interrupteur. Dexter dormait sur le canapé. Seuls sa tête et ses bras en croix dépassaient des draps fleuris. Plus on vieillit, plus les traits d'un visage en sommeil deviennent mortuaires. Il sursauta, l'air du lapin pris dans les phares d'une voiture.

– Hey, Thel, comment ça va ?

– Pas mal, Dexter, chuchotai-je. Je voulais juste m'assurer que tu ne manquais de rien.

– C'est le Paradis, Thel.

Il se redressa et enfila un peignoir noir en soie. Quelques coups à l'oreiller lui redonnèrent une forme convenable, puis il s'étira ce qui fit craquer ses articulations.

– Allez, habille-toi. Il est bientôt dix-neuf heures. Je vais te faire à manger, promis-je en ouvrant les rideaux.

Une heure plus tard, deux assiettes fumantes atterrirent sur la table.

– Tu vois Thel, je suis bien ici… grâce à toi. Mais imagine… Je n'ai aucun chez-moi, aucune racine. Je ne sais même pas d'où je viens. Regarde mon nom…

Une goulée d'eau minérale dilua l'acrimonie qui m'emplissait. Méditerranéennes, mes origines attendaient le jour où je les déterrerais. Si Dexter décidait d'entreprendre des recherches, il ne trouverait rien. Le néant. De quoi déstabiliser le caractère le plus trempé. Beaucoup de Noirs portaient des noms dégradants attribués par leurs propriétaires pour leur faire ainsi oublier leurs origines. *Roach* voulait dire « cafard », *Brown* « marron », *Cole* « charbon », *Blakey* « noiraud ». Affranchis, certains s'étaient affublés des titres : *President* pour Lester Young, *Duke* pour Ellington, *Count* pour Basie, Nat *King* Cole. D'autres choisirent lorsqu'ils le pouvaient, des identités forçant le respect : *Leroy*, *Freeman*, *Washington*… De biens pâles revanches, à mes yeux.

Je tentai un trait d'humour.

– Tu imagines notre pauvre Schwarzenegger ?…

Il ricana, haussant doucement les mains au-dessus de sa tête.

– C'est pour ça qu'il a fait de la muscu ! Pour qu'on lui foute la paix…

Je le quittai le cœur léger. La nuit fermait l'Hudson. L'émotion de nos échanges en ligne de fuite dans le rétroviseur.

8

Carol n'arrêtait pas de réajuster son soutien-gorge. Comment avait-elle pu attendre aussi longtemps pour se faire opérer ? Des détails, ayant leur importance : avoir moins mal au dos, apercevoir ses chaussures, bouger les bras de façon plus fluide et esthétiquement, aucune trace visible.

Arrivée à Bonn sans encombre, elle s'était installée dans un petit hôtel sans prétention, Vorgebirgsstrasse, puis s'était endormie quelques heures, assommée par le décalage et les réminiscences de son opération.

Le staccato des gouttes contre la fenêtre la réveilla de bonne heure. Elle profita d'une accalmie et flâna le long du Rhin, admirant la vue imprenable sur les massifs des Siebengebirge où se cultive le Riesling. Après la visite de la maison natale de Beethoven, aménagée en musée, elle se rendit à l'office de tourisme, où on lui indiqua le Stadarchiv, centre des archives, au 2 Berliner platz.

Elle posa le menton sur ses mains jointes et poussa un soupir de découragement. Seule depuis deux heures, dans cette vaste pièce, face aux visionneuses et aux innombrables tiroirs de documents, elle repensa à ses divers entretiens. En gros, on lui conseillait de se rendre dans une dizaine de lieux répartis sur tout le territoire. Autant chercher une aiguille dans une botte de foin. En allemand. Quant aux Schwarzbrod, il y en avait une flopée dans l'annuaire.

Elle se ressaisit, motivée par la course contre la mort de leur cliente. L'image de Thel apparut. Qu'aurait dicté son redoutable instinct en cette occasion ? Elle le voyait sourire, se pencher vers elle avec sa mimique de séducteur et ses cravates excentriques, mais aussi ses froncements de sourcils lorsque l'adrénaline montait. Elle adorait son style décalé, son intelligence créative. Enviait ses passions et sa grande humanité. Passait par-dessus son égocentrisme, ses fuites existentielles, son caractère lunatique, pour s'attacher à sa loyauté. Admirait sa générosité de cœur et partageait son refus de l'autorité larvée. À son contact, elle avait ouvert les yeux sur ses relations avec son propre père : pas un mauvais type, mais froid. Gêné chaque fois qu'il était question de sentiment, se refugiant derrière des banalités d'usage. Engoncé dans une carapace puritaine, incapable de gestes aimants ou compassionnels. Tout le contraire de Thel, très latin, dans le tactile et le respect. Les taquineries laissaient peu à peu place à l'affection respectueuse qu'on accorde généralement à un père. Elle ne remplacerait pas Tom, bien sûr, mais elle espérait lui offrir une forme de filiation, un baume. Lui montrer qu'elle serait là, quoiqu'il lui arrive, même à ses vieux jours. Et surtout, c'était la première fois qu'elle partageait un humour distancié.

Elle se refusa à l'appeler, décidée à lui montrer ce qu'elle avait dans le ventre, pour qu'il soit fier d'elle.

– Trouvez-vous ce que vous souhaitez, Mademoiselle ?

Le Doctor Hachim Kratz, président des archives de Bonn, s'adressait à elle. Grand, blond clair, des yeux bleu délavés cachés derrière de grosses lunettes d'écaille qui mangeaient un visage carré comme sa montre, pantalon de flanelle et blazer bleu marine. L'air intelligent.

– À vrai dire, pas vraiment, Docteur.

– Appelez-moi Hachim, je vous prie.

Il observa la feuille blanche.

– Voudriez-vous que je vous aide ?

– Volontiers. Merci.

– Accompagnez-moi à la cafétéria. Vous m'exposerez votre probléme en chemin.

Carol fut assez précise et résuma la situation. Hachim Kratz posa alors des questions sur sa vie, ses origines, sa situation, puis conclut.

– Je crois que vous avez raison, Mademoiselle. Vous ne trouverez rien ici, j'en ai bien peur. Il faut rechercher des officiers sous-mariniers encore en vie. Il ne doit pas en rester beaucoup, je peux vous aider. À quel hôtel êtes-vous descendue ?

Gonflé, le gars, pensa-t-elle. Sans savoir pourquoi, où plutôt par honte de son deux étoiles, elle répliqua qu'elle avait une chambre au Kaiser Karl, un des palaces de Bonn, à deux pas du sien.

– *Shön, wunderbar* ! Je le connais bien. Je vais faire des recherches. Je vous propose de vous y retrouver et de vous inviter pour l'apéritif.

Carol avait passé l'après-midi au *Museumsmeile*, le boulevard de l'art et de la culture qui regroupait le Palais des beaux-arts et le Musée d'art. Contrairement à Thel, plutôt porté sur le contemporain, elle se passionnait pour la peinture du dix-huitième.

Elle patientait sagement dans le petit salon du Kaiser Karl, une tasse de thé fumante devant elle. Le luxe avait du bon. Elle se trouva stupide de mentir ainsi sur son hôtel. Ce travers prenait ses racines sur la honte de la condition sociale de ses parents. Non pas qu'ils fussent pauvres, mais tout avait été étriqué. Lorsqu'il leur était arrivé de voyager – rarement et pas bien loin – c'était pour se retrouver dans de petits motels sans charme. Très jeune, elle avait voulu s'en affranchir en trouvant des petits boulots pendant ses études et des vacances au pair. L'argent ne l'attirait pas en tant que tel. S'acheter ce qu'elle voulait, quand elle voulait, voilà tout. À force d'économies, elle avait pu acquérir un petit studio dans le Bronx, qu'elle avait rénové avec goût.

Elle aperçut Hachim Kratz au loin. Heureuse de la chance qui s'offrait d'avancer dans son enquête et de gagner un temps précieux. Hachim Kratz s'approcha tout sourire. Il s'était changé. Un foulard bordeaux dépassait d'une chemise de coton blanc, sous une veste de daim et un pantalon bleu marine, dans un nuage de vétiver. Il déposa une pochette de cuir sur la table.

– Je vois que vous buvez du thé. Laissez-moi vous offrir une coupe de champagne. J'ai vos renseignements.

Elle le vit alors arriver avec ses gros sabots. Tout y passa : les détails sur sa vie privée, un travail prenant, de grandes responsabilités, le besoin de tendresse, le pourquoi pas reconstruire sa vie, les compliments. Il lui proposa alors de l'emmener dîner avec son Audi TT, dont il n'était pas peu fier. L'échange « un moment avec toi, contre les documents » était proche. Carol se raidit. Elle haïssait ces types, limite vieux beaux, qui se croyaient tout permis, mais elle tenta de faire bonne figure. Elle pensa adopter une position crue, du style « je suis indisposée », ou « je suis mariée », mais le type était un accrocheur. Il ne la laisserait pas sortir aussi facilement de son écran radar. Avec le risque qu'il ne fournisse jamais les documents dont elle avait tant besoin. Elle eut alors une idée.

– Hachim, dit-elle en posant la main sur son bras. Allons dîner dans un endroit… romantique. Êtes-vous garé loin ?

Un énorme sourire fendit sa mâchoire de prédateur. Il en bredouillait presque.

– À… À côté, pourquoi ?

– Je vais prendre quelques affaires dans ma chambre. Allez chercher votre Audi, je vous rejoins dans cinq minutes.

Appâté, des rêves plein la tête et un afflux sanguin dans l'entrejambe qui l'empêchait de penser, il se leva et se dirigea vers sa voiture sans sa pochette. Avant qu'il ait pu réaliser qu'il l'avait oubliée, Carol s'en emparait et démarrait comme une folle pour se fondre dans la foule. Elle renversa au passage une table et des verres, provoquant un fort émoi en terrasse.

Arrivée à son hôtel, elle s'enferma dans la chambre, encore fébrile. Elle réfléchissait à toute vitesse. Kratz ignorait son adresse. Dans sa fiche remplie aux archives, ne figurait que son domicile du Bronx. Subsistait le risque qu'il porte plainte. Elle fouilla la pochette de cuir et en extirpa deux feuilles dactylographiées. Le concierge accepta de la remettre à l'hôtel Kaiser Karl, puis elle s'enfuit dans la nuit, se retournant sans cesse, encore sur les nerfs.

9

Je passai un bref coup d'œil par la fenêtre du bureau de Dixon. Dans les rues encombrées de Washington, se hâtant de rejoindre leur travail sous un soleil naissant, mes ex-gagne-pain : psychotiques, bipolaires, schizophrènes, hystériques, dépressifs, phobiques. Au total, plus de dix pour cent de la population, planqués sous des allures normales. De quoi frémir.

Un avion m'avait déposé très tôt, me permettant de revenir à New York en fin d'après-midi. Jim Dixon était fidèle à l'image que je m'en étais faite. La soixantaine avancée, l'allure goguenarde, le cheveu ras. Il semblait se consumer par des yeux globuleux desquels suintait une vive intelligence. Sur son bureau, un entrelacs de papiers, de cartes marines, de maquettes de navires.

Il se racla la gorge et déroula un rapide CV. Sa vocation datait de son enfance, un jour de vacances où il avait aperçu un destroyer. Depuis, il n'avait eu de cesse d'éplucher tous les récits maritimes. Après de solides études à West Point, il avait intégré la Navy puis en était devenu l'un de ses plus brillants historiens.

– Votre dinde était-elle succulente ?

– Ah, jeune homme… ne m'en parlez pas ! Un régal. Bon, j'ai un peu avancé. J'ai conversé avec mon homologue russe. Deux possibilités crédibles nous viennent à l'esprit : l'or et la bombe atomique.

Je me redressai carrément du fauteuil, dans un grincement d'amarre en chanvre de voilier à quai.

– La bombe atomique ?? Je pensais que nous avions tout fait sauter avec la bataille de l'eau lourde ?

Au prix de nombreuses pertes humaines, un commando norvégien avait réussi à saboter une cargaison destinée à la mise au point de cette arme décisive.

– Vous avez raison. Un coup fatal a alors été porté aux Allemands. Je voulais dire bombe d'une forte puissance. Un nouveau type d'explosif. Ils en ont produit une quinzaine.

– Les a-t-on retrouvées à la Libération ?

– Non, justement. Il serait plausible que des officiers allemands s'en soient emparés.

La position du sous-marin au large de Zanzibar lui en avait donné l'idée. D'un souffle asthmatique, il précisa.

– Pour doter un pays d'accueil d'une avancée technologique indiscutable. Contre leur liberté, ou de l'or. Ou les deux. Si je vous dis Grand Mufti, vous me répondez quoi ?

Un pas grand-chose dut se lire sur mon visage. Il se saisit d'un tube cartonné et en sortit une carte marine qu'il déroula. Il balaya la Méditerranée, précisant qu'elle était sous contrôle allié depuis 1943 et pointa de nombreux pays limitrophes qui réclamaient les technologies guerrières allemandes : Syrie, Yémen et bien sûr Egypte. Ce qu'il m'apprit vint alors par fragments et bribes. Plus de cent soixante-dix mille Juifs s'étaient installés en Palestine, mobilisant les Arabes qui n'avaient jamais accepté le mandat britannique qui projetait d'y créer un foyer hébreu. Le plus nationaliste des clans, précisa Dixon, était aux mains du grand Mufti de Jérusalem, Al-Hajj Al-Husayni.

Mû par sa haine des Juifs et un sentiment de revanche après l'éclatement de l'empire Ottoman, le grand Mufti poussa les Arabes à adopter le national-socialisme allemand. *Mein Kampf* devint le livre de chevet des futurs dictateurs syrien, égyptien et irakien, entre autres. Mais la défaite de Rommel à El Alamein en 42 le contraignit à se réfugier en Allemagne, où il fut traité comme un dignitaire. De retour au Caire après guerre, il participa à un réseau de propagande antisémite, exerçant une grande influence sur Yasser Arafat et Saddam Hussein. Des milliers de SS purent, grâce à lui, se reconvertir. Dixon ajouta d'autres précisions et je restai coi. Quand on évoquait la fuite des cerveaux nazis, je pensais instinctivement à l'Argentine.

– Le vrai débouché pour les nazis était le croissant arabe. Le tout grâce au Vatican, qui leur accordait de nouvelles identités et des moyens. Avec la haine du communisme et du sionisme en points fédérateurs de ces pays.

À l'entendre, la conjugaison d'un fanatisme nationaliste arabe, d'une erreur de jugement dramatique des Anglais et d'un extrémisme juif exacerbé avait mis le feu aux poudres. Dixon poursuivit son raisonnement, d'un index qui pointait les zones concernées.

– Le premier réflexe de toute jeune nation extrémiste comme l'Égypte, c'est de se doter d'une arme puissante pour peser dans les débats géopolitiques. Pour la rejoindre, notre sous-marin devait contourner Gibraltar, aux mains de la marine alliée, passer au large de Tanger, faire le tour de l'Afrique et remonter jusqu'au canal de Suez. Une route à peu près tranquille jusqu'à l'océan Indien. C'est ensuite que ça se compliquait. À l'approche d'Aden, contrôlé par les Britanniques, et le canal, fréquenté par de nombreux navires alliés qui alimentaient les guerres d'Indochine et du Japon. Trajet dangereux, mais jouable de nuit.

Il extirpa une autre carte qu'il punaisa. Ses doigts velus suivaient un invisible parcours.

– Quand on analyse les tracés à ma disposition des navires de mars à juillet 45, on observe qu'un bateau allié a été coulé au large de l'Afrique du Sud, par un sous-marin allemand inconnu, accompagné de sa vache à lait.

– Par quel miracle savez-vous tout ça ?

Il détailla sa passion d'historien, ses relations avec le club des sous-mariniers qui procédait à des recoupements, depuis des années. Un travail fastidieux, mais qui arrivait toujours à retrouver une part de vérité historique, d'autant que tout était consigné dans les livres de bord. Un véritable boulot de détective.

– Vous croyez que c'est le nôtre ?

– Son nom n'est pas mentionné, mais la coïncidence est troublante. J'attends des retours plus précis de mon correspondant sud africain. Vous repartez toute à l'heure ? Je vous tiendrai informé.

Je le quittai, le sentiment de détenir des informations qui dépassaient mes espérances, qu'il me fallait partager avec Ingrid Schwarzbrod. Elle écouta attentivement, sans broncher à l'évocation d'un possible passé de nazi de son père à la Kriegsmarine. Je l'informai que j'allais poursuivre la piste jusqu'au bout.

Je raccrochai libéré. L'agréable impression d'avoir ralenti la course du sablier.

10

La sonnerie vrilla mes tympans. Trois heures du matin ! À une heure pareille, ce ne pouvait être que Carol. Enfin, des nouvelles. Je me levai prestement, à la recherche de mon portable. Peine perdue. Ce n'était que Jim Dixon. À force d'habitude, mon cerveau enclencha instantanément l'overdrive et je tâchai de ne pas montrer ma déception.

– Vous êtes bien rentré ? Bon, j'ai de bonnes nouvelles. Le 8 janvier 1945, le U-182 sortit de Kiel et mit cap au sud. C'était l'un de ces cinq sous-marins aménagés pour le transport de « marchandises sensibles ». Il avait un blason en forme d'étoile de Mercedes sur son kiosque. Il a donné régulièrement sa position jusqu'au large de Dakar. Ensuite, silence radio. Coup de bol, mon correspondant sud africain m'a confirmé qu'un navire – le *Tobok* – a bien été coulé le 16 mai 45 au large de Bonne Espérance par un sous-marin faisant route vers l'océan Indien.

Quinze jours après la reddition de Dönitz. Il continua, tandis que je glissai du thé dans le filtre de la machine.

– Attendez, j'ai beaucoup mieux. Le *Tobok* était accompagné d'un autre destroyer, l'*Impala*, qui a balancé la sauce et touché notre sous-marin. Il aurait eu une grave avarie, accompagnée de mort d'hommes en faction sur le kiosque. Le commandant de l'*Impala* consigne aussi la présence d'une étoile Mercedes peinte. Et tenez-vous bien, notre U-182 était accompagné de sa vache à lait qui a été finalement arraisonnée au large de Madagascar. Selon l'équipage du *Milchkuh*, les deux auraient également subi, au large du Mozambique, une attaque aérienne d'un avion Liberator. Faute de munitions, il n'a pu les achever. Le pilote a rapporté la présence de nombreux corps flottants dans l'eau. Notre U-182 avait par contre disparu, profitant de la nuit. Le commandant du *Milchkuh* assura qu'il avait été dévolu au ravitaillement du seul U-182, et jura qu'il n'avait connaissance ni de sa cargaison, ni de l'équipage. Il était juste là pour l'accompagner vers une destination qu'il ignorait. Mais il a avoué que c'était une mission secrète. Nom de code *Ammerbach*. Du compositeur de la Renaissance Elias Nicolaus Ammerbach.

Renaissance...

Mon cerveau tournait à toute vitesse. H. Schwarzbrod avait été oreille d'or dans ce sous-marin qui était remonté jusqu'à Zanzibar, certainement pour réparer son avarie. Puis on perdait la piste. Privé de ravitaillement et d'hommes, il ne pouvait pas naviguer bien loin. Six mille kilomètres tout au plus. Insuffisant pour remonter jusqu'en Égypte par Suez. Ils avaient dû changer leur plan.

– Mon correspondant sud africain a retrouvé une photo noir et blanc assez floue du U-182 lorsqu'il a fait surface, prise par l'*Impala* qui le poursuivait. Vous avez une adresse email ?

Quelle question !

– On n'a pas d'autres archives sur l'océan Indien ?

– Pour l'instant non. Mais j'attends des retours de mes homologues anglais et japonais. Allez, bonne journée !

Il en avait de bonnes. Impossible de me rendormir. Les calmants étaient restés chez moi. Je tentai de joindre Carol, en vain. Elle eut droit à un nouveau message, lui intimant l'ordre de donner de ses nouvelles.

Rallongé, je grillai clope sur clope et occupais mon cerveau sur cette nouvelle perspective : un échange technologies-or. À mes côtés, la photo du U-182 qu'il venait de me transmettre. Prise par l'*Impala* à une centaine de mètres. Légèrement floue, granuleuse, tel le bon vieux monstre du Loch Ness. L'étoile parfaitement identifiable.

La poste délivra aux premières heures le DVD *Das Boot* que j'avais commandé sur un site. Son visionnage attendrait. Dès l'ouverture, j'appelai Ibrahim Mzengé, l'attaché culturel de l'ambassade tanzanienne.

– Je n'ai pas retrouvé de Monsieur Schwarzbrod, précisa-t-il, un tantinet gêné. Mais je vous confirme qu'une quinzaine de licences de prospection de notre or sont encore aux mains d'Allemands installés chez nous depuis plus des générations. Le reste appartient à de grands conglomérats, où l'État tanzanien est actionnaire. J'ai envoyé un message à notre ministère en charge des prospections mais, vous savez, cela va prendre du temps.

Nous sommes encore en voie de développement, loin du tout informatique.

Un pays qui ne devrait pas me déplaire. Je tâchai de savoir si la Tanzanie, alors sous gouvernance anglaise, aurait pu accepter un soldat allemand déserteur.

– Difficile de vous répondre. Les Allemands avaient tout de même bonne presse chez nous. Même pendant la guerre, où nous, peuple tanzanien, n'avions pas réellement de parti pris. Ils ne se comportaient pas, disons... comme des colonisateurs de base.

Dans son viseur, les Anglais, souvent en terrain conquis, que ce soit en Inde où en Afrique. Leur implication dans le respect des coutumes, l'éducation et la santé locales étaient des plus précaires. Au point que l'indépendance de nombreux pays sous leur gouverne avait été acquise dans des bains de sang.

Je passai un autre coup de fil à Paul Ferguson, un copain journaliste d'investigation qui travaillait pour ProPublica. Après un rapide exposé, je quêtai un contact utile. Il rappela peu de temps après pour me livrer le nom d'un certain Morgenstein, ancien membre de la commission en charge de la réparation des biens juifs spoliés pendant la guerre. Je ne l'eus pas directement, sa secrétaire me fixant rendez-vous à dix-sept heures.

Carol n'avait toujours pas appelé et ça me provoquait une petite boule dans le ventre. Pas de nouvelle, bonne nouvelle. Expression des plus absurdes.

Ingrid Malowre décrocha. Sa voix n'indiquait rien de bon. Pendant que je distillai nos avancées sur un ton empli d'optimisme, un double appel se signala. C'était Jim Dixon. Je pris connaissance de son message à la fin de notre discussion.

« Selon mon correspondant japonais, un sous-marin allemand a quitté Bordeaux, un an avant notre U-182. Le 18 septembre, au large du Cap, il s'amarre à un sous-marin japonais, près du Mozambique. Leurs archives attestent d'un échange entre trois torpilles à oxygène, un modèle de canon aérien, les plans du Messerschmitt ME 262 et d'autres documents. Le tout contre deux tonnes d'or jamais retrouvées. Voilà, n'hésitez pas à me rappeler. »

Je visionnai le DVD, confortablement installé dans le canapé du bureau. Toute ma vie de flic s'était résumée à me glisser dans la peau des criminels que je poursuivais. Tenter d'appréhender les réactions d'un équipage de 1943 ne faisait pas exception.

Jane Clear avait raison. Claustrophobes, s'abstenir. Camaraderie et solidarité unissaient ces jeunes marins envoyés à une mort quasi certaine, tant les systèmes de détections alliés avaient acquis en performance. Enfermés dans des sarcophages de métal aveugles, dont un sur trois revenait de mission. Malgré leur jeune âge – un commandant avait dans les vingt ans –, respect de la hiérarchie, courage à toute épreuve, volonté d'en découdre et prise de risque maximum formaient le sceau de ce corps d'élite. Je ressentais une certaine admiration.

Internet m'offrit quelques récits authentiques mais aucune coordonnée de survivants. Une autre chose me frappa à la lueur des témoignages : beaucoup d'hommes ne faisaient qu'accomplir leur devoir, ignorant ce qui se passait sur le front et dans les camps. Fendant la mer de leur long corps d'acier, soulevant à l'avant une déferlante écumeuse qui venait ras les lames lacérer leurs visages aux aguets. Je relevai enfin que le commandant ne prenait jamais une décision sans consulter son oreille d'or.

Simon Morgenstein patientait à l'accueil du Sofitel. Il avait accepté de me recevoir en fin de journée, ce qui m'étonna de la part d'un homme aussi occupé. À croire que l'évocation du trésor nazi l'avait alléché.

Nous nous installâmes confortablement dans un des salons. Quelques financiers de Wall Street devisaient à l'écart. Petit, trapu, crinière floconneuse, nez proéminent, dans les soixante ans. À l'abri d'un front ridé et de sourcils broussailleux, des yeux d'où transpirait une résolution farouche. Le type d'homme engagé, jusque dans ses contradictions.

Depuis sa sortie d'Harvard, il dirigeait un cabinet d'avocats spécialisé dans le droit international. Il m'expliqua son rôle auprès de l'équipe qui avait réussi à faire mettre genou à terre aux banques suisses, dans le cadre de la restitution des biens – et donc de l'or – spoliés aux Juifs pendant la Deuxième Guerre mondiale.

– Vous vous rendez compte, Monsieur Avogaddro. Il aura fallu plus de quarante ans pour obtenir un semblant de compensation !

Je fus réduit au silence par son ton prosaïque. Pour alimenter sa machine de guerre, l'Allemagne pilla, en coupes réglées, tous les biens juifs et vola l'or des pays occupés. On atteignit l'horreur avec celui prélevé dans les camps de concentration : vingt tonnes d'or dentaire, en plus des bijoux qui furent déposés en Suisse contre de l'argent qui finançait la conquête. Morgenstein estimait que, si la Suisse avait refusé, la guerre se serait terminée dès 1942. Depuis la capitulation allemande, personne ne s'était soucié du hold-up qui avait accompagné l'extermination des Juifs.

Le secret bancaire, matière première des Suisses.

– Mais les Juifs n'ont pas réclamé leur dû ?

– Certains rescapés de l'Holocauste avaient tellement honte qu'ils partaient le plus loin possible. D'autres ont bien tenté de récupérer leur argent, mais, cyniques, les banques suisses exigeaient des preuves, des certificats de décès, etc. Tout avait brûlé ! Les titulaires des comptes disparus dans les camps... plus de justificatifs... L'heure était au mutisme. Le business devait repartir.

Il se fit plus flegmatique.

– Vous comprenez... Personne n'avait intérêt à taper dans la fourmilière : les économies allemande et française exsangues... De nombreuses entreprises, au rôle très obscur pendant cette guerre, ne pouvaient être attaquées de front, au risque de fragiliser la démocratie... Et puis, impossible de distinguer l'or. Tout avait été fondu volontairement.

– Les Alliés eurent connaissance que la plupart des caciques nazis du régime avaient planqué des trésors dans des grottes près de l'Autriche. Il fallait faire vite, car les Russes aussi les convoitaient. En avril 45, nous avons fait la découverte de la mine de *Merkers* : tableaux de maîtres par milliers, bijoux, livres de comptes, art égyptien et deux cent vingt tonnes d'or ! La caverne d'Ali Baba ! Aucun musée au monde n'avait rassemblé autant de chefs-d'œuvre. On a tout transporté dans le *James Parker*, à Hambourg et vogue l'Amérique ! Soi-disant pour les mettre en sécurité. En réalité, une partie a fait le chemin inverse.

– Vous voulez dire que l'or a été… disons recyclé ?

Son sourire en coin s'évanouit.

– Quatre-vingt-dix tonnes ont été réinjectées dans la banque de France et la Bundesbank, et dans l'économie. Les deux pays étaient au bord du gouffre financier. C'était ça, ou voir Staline bronzer à Deauville.

– Nous n'avons eu de cesse depuis la Libération, au travers du Comité juif, de réclamer une compensation auprès des Suisses. En vain. Il nous a fallu deux hommes forts : Edgar Bronfman, fondateur du groupe Seagram, dont j'étais le conseiller, et Clinton.

– Le joueur de saxo ?

Il passa outre et se resservit du thé en mouvements lents et précis.

– Parfaitement. Bill Clinton. Probablement le premier Président américain à ne pas avoir eu de compte en Suisse ! Je plaisante à peine. Il a déclassifié en 1996 les *War Disclosure Acts*, les dernières archives secrètes. Bronfman et d'Amato, l'ancien maire de New York, s'en sont donnés à cœur joie.

La capacité de grandir est de savoir retarder ses désirs. Je tentai d'appréhender le rôle de d'Amato.

– Que faites-vous des milliers d'électeurs juifs de New York ? Comme les Suisses ne bronchaient pas, ils ont menacé de retirer les comptes helvètes de la Californie, de la Pennsylvanie, d'autres États. Des milliards de dollars ! Nos amis helvétiques devinrent alors… plus courtois. Après d'âpres négociations on a conclu un accord, en août 98 : la Suisse acceptait d'offrir un milliard deux cent cinquante millions de dollars pour solde de tout compte, à répartir entre les survivants et les descendants. Une goutte d'eau, mais une victoire tout de même. Mais ne vous trompez pas, l'impressionnante puissance financière de la Suisse vient de ces profits de guerre. Et ça continue : les nazis ont été remplacés par les narcotrafiquants, dictateurs, caïds de la mafia russe, et j'en passe.

Je m'étonnai qu'il n'y ait pas de grandes marques de machines à laver suisse. Il fixa alors des yeux noirs inquisiteurs sur moi.

– Que cherchez-vous exactement, Monsieur Avogaddro ? Ma secrétaire a évoqué la piste d'or nazi.

Il y eut un silence pesant. J'hésitai.

– Disons que je suis à la recherche d'un possible transport d'or, ou de secrets. Dans un sous-marin allemand.

Il laissa transparaître un intérêt plus marqué.

– Trente pour cent de l'or se serait envolé dans la nature : cachettes sur terre ou sous la mer, bateaux, camions… Ici ou là, au Vatican, en Amérique du Sud, au Moyen-Orient… et chez nos amis suisses, bien sûr. Mais il faut des moyens, des autorisations, une logistique et donc des complicités en haut lieu.

Les termes étaient on ne peut plus clairs. Je cherchai son avis sur la justification de la présence d'un sous-marin dans l'océan Indien, deux mois après la reddition.

Il examina ses ongles pendant un long moment.

– Vous devriez m'en dire un peu plus.

Le poker menteur commençait. Ses yeux noirs furetaient pour chercher la brèche, la fissure où pénétrer mes secrets. Le ton de sa remarque indiquait une baisse brutale de mon capital sympathie. Je survolai l'état de mes recherches, les informations fournies par Dixon et l'hypothèse d'un échange avec des Japonais. Après un ultime examen de ses ongles, il finit par reprendre la parole.

– Je ne suis pas d'accord avec votre Dixon. L'industrie allemande ne fonctionnait plus à partir de 44. Toutes les usines avaient été bombardées. J'imagine mal votre sous-marin contenir du matériel. Bien sûr que Mercedes a collaboré, avec tant d'autres entreprises. Mais, là non plus, je ne les imagine pas s'enfuir, d'autant que la marque a continué après-guerre sur sa lancée, avec le succès qu'on lui connaît. Pour prendre autant de risques, votre sous-marin devait forcément avoir de l'or à bord. Vu les dates, il avait quitté son port d'attache allemand depuis longtemps, bien avant la reddition. Probablement une opération programmée.

– N'aurait-il pu charger l'or en cours de route ?

Il laissa glisser une mimique dubitative.

– Je ne pense pas. À vous entendre, votre U-182 est passé au large de Dakar… Hum… l'Afrique de l'Ouest avait déjà basculé, puis le Cap… l'Afrique du Sud était à nos côtés. Le fait qu'il soit remonté du Cap vers Zanzibar, pose trois questions : y a-t-il été forcé par son avarie, ou rejoignait-il l'Égypte ? ou les deux ?

– Avez-vous entendu parler de la mission Ammerbach ?

Il se raidit. J'acquis alors la certitude qu'il savait de quoi il en retournait. À son flot de questions, pas dupe, je rétorquai que l'enquête était privée et que les détails devaient rester confidentiels. Il parut déçu, et consulta sa montre à plusieurs reprises. Je le quittai après des formules de politesse et échange de nos cartes, avec la désagréable impression de sentir ses lasers noirs accompagner ma sortie.

11

« Jürgen Thoms, 90 ans. Commandant du U-276 et U-716. 3 Martin Luther Strasse, Hambourg. 040 14 28 45 42.

Ralf Oesten, 92 ans. Maître mécanicien du U-106. 153 Schauen Burger Strasse, Kiel. 040 14 68 23 45.

Timothy Breitner, 89 ans. Poste d'écoute du U-126. 32 Strand Strasse, Laboe. 040 14 29 25 62. »

Carol avait aisément traduit la feuille dactylographiée dérobée dans la sacoche de Kratz.

Après sa fuite, elle s'était cachée dans les toilettes dames de la gare de Bonn. Au petit matin, elle fit l'acquisition d'un chapeau, de lunettes de soleil, d'une pochette plastique pour y glisser son portable et une carte de l'Allemagne en anglais. Elle cocha les adresses des trois sous-mariniers et organisa sa tournée.

Ils résidaient à proximité de la mer du Nord et de la Baltique, non loin des chantiers navals et des ex-ports de guerre. Quoi de plus logique, pensa-t-elle. Elle avait hésité à louer une voiture mais, dans le souci de ne laisser aucune trace après ce qui s'était passé, elle avait opté pour le premier train en partance pour Hambourg. D'autant qu'elle venait d'avoir son permis et qu'elle hésitait à conduire sur des routes étrangères.

Sa tension descendit d'un cran lorsque les rames se mirent en mouvement.

Elle arriva juste avant midi à Hambourg. C'était un mercredi maussade et froid pour un mois de juin. Elle enfonça son chapeau pour passer inaperçue et braver la bruine glacée, puis se dirigea vers la partie située sur l'Elbe, véritable poumon économique et culturel. D'innombrables cargos faisaient l'essuie-glace, synchronisés avec les décollages des Bélugas transportant les pièces détachées d'Airbus. L'intense activité lui rappela celle de Shanghai, où elle avait passé des vacances.

Elle avait pris du recul par rapport aux événements. Ses agissements ne valaient pas la peine que Kratz s'acharne sur elle, pour une liste sans intérêt à ses yeux, mais elle décida de rester sur ses gardes. Elle se refusa à écouter sa messagerie, imaginant Thel l'assaillir de recommandations. Il était parfois pesant. Elle reprendrait contact, une fois sa mission en Allemagne accomplie. Pour lui annoncer une bonne nouvelle.

Encore une heure avant son premier rendez-vous. Elle en profita pour visiter un sous-marin russe, devenu attraction touristique, sur le Saint Pauli Fischmarkt. Le submersible datait de dix-neuf cent soixante-seize mais dégageait l'impression de sortir d'un autre siècle, tant la technique à bord était surannée. La partie avant, surnommée « chambre des Lords », contenait quatre tubes lance-torpilles. La partie arrière, l'impressionnant bloc-moteur. Deux toilettes pour quatre-vingts marins. L'équipage dormait sur des hamacs et d'étroites couchettes. Pour toute nourriture, trois semaines de vivres frais – jambons, saucissons, légumes et fruits qui pendaient de façon à répartir le poids. Le reste à base de conserves, de thé et de gâteaux moisis. Face à l'enchevêtrement de tubes et de compteurs, elle imagina aisément le désir de l'équipage de s'élancer de sa propre peau pour fuir la vision maintes fois répétée du camarade effectuant toujours le même geste. Le cœur gros, elle se rendit à pied au 3 Martin-Luther Strasse, situé juste derrière le port.

Jürgen Thoms me fixait d'un regard bleu perçant, sous des cheveux blancs en brosse. Il tendit une main parcheminée, légèrement tremblante. Voûté, les membres maigres, il se déplaçait avec difficulté. Le genre à qui on avait envie de prêter sa colonne vertébrale. Il avait revêtu son uniforme bleu marine et sa casquette blanche.

Il vivait seul dans un modeste deux pièces sombre, au premier étage d'un immeuble en brique brune. Elle avait obtenu les trois rendez-vous en se faisant passer pour une journaliste, appuyée par un jeune étudiant qui avait bien voulu traduire sa demande au téléphone.

Il l'incita à s'asseoir sur un gros canapé de cuir festonné et éteignit la télévision. Le cri aigre des mouettes se fit plus présent.

– Vous m'excuserez, précisa-t-il dans un anglais teinté d'un léger accent guttural. C'est l'heure de mes médicaments.

Il s'empara d'une boîte en céramique ancienne, sculptée d'une sirène en nacre et compta les pilules.

– Nous sommes bien mercredi, Mademoiselle ?

Carol acquiesça d'un demi-sourire.

– Alors, je n'en ai que six à avaler aujourd'hui.

Le mettre en confiance, établir un lien. Elle le félicita pour son anglais.

– Sans me montrer indiscrète, de quoi souffrez-vous ?

– À mon âge, il faut mieux demander ce qui fonctionne encore. Ça ira plus vite, dit-il, l'air las.

Il avala ses pilules avec de longues déglutitions.

– Il y a bien longtemps que je n'ai pas eu de visite... Mes enfants attendent tous l'héritage. Mais j'ai décidé de vivre le plus longtemps possible pour les emmerder.

Un petit rire sec. Le temps des confidences vint rapidement. Jürgen Thoms était veuf depuis quinze ans. Il était né en vingt et un et avait toujours vécu à Hambourg. La Kriegsmarine l'avait enrôlé quand il avait dix-sept ans. Après un entraînement intensif à Kiel, il avait servi sur divers sous-marins avant de prendre le commandement d'un submersible en 1943. D'un geste lent, il montra à Carol ses décorations. Croix de fer et croix de Chevalier.

– Je n'ai pas commandé très longtemps. Je me trouvais au large de l'Irlande quand Dönitz signa notre reddition. Nous sommes cent soixante-seize sous-marins à nous être rendus. Les autres ont sabordé leurs navires ou se sont enfuis. J'ai passé quatre années dans une prison en Angleterre ! Vous savez pourquoi ? Churchill avait eu tellement peur de nous qu'il voulait être sûr que nous ne recommencerions pas ! J'ai été réintégré dans la marine marchande. Je n'oublierai jamais ce tourbillon d'après guerre, à travers une mer en ruine.

Il se leva péniblement, la vague impression de charrier toutes les misères du monde, et se dirigea vers un tiroir. Carol trépignait intérieurement mais le regardait faire, consciente qu'il fallait accepter de perdre ce temps pour gagner sa confiance. Il revint muni de quelques photos.

– Tenez… Là, le troisième en partant de la gauche, c'est Dönitz.

– C'était votre dieu ?

– Ach, il était exceptionnel. Tout le temps à nous motiver, à nous accueillir au retour des missions, convaincu de la victoire finale. Mais nous n'étions pas dupes. Dès 1942, nous connaissions le scénario. Il fallait voir tous les bateaux fabriqués à la chaine par les Alliés.

Elle se renseigna sur le nombre de navires qu'il avait envoyé par le fond. Il hocha de la tête et prit le temps de la réflexion.

– Vous savez… la guerre… j'en suis pas très fier. Regardez…

Il tendit un cliché noir et blanc. Thoms en tenue d'officier, en rang au milieu d'une trentaine d'autres. Hitler, de profil, passait la revue.

– Mais ne connaissiez-vous pas ses exactions ?

– J'adorais la mer, les voyages. L'idéologie nationale socialiste m'échappait. Je n'ai jamais appartenu aux jeunesses hitlériennes. Nous n'étions pas au courant pour les camps. Je vous jure ! J'étais tout le temps à naviguer.

Il se mit à trembler, agité de tics nerveux. Il fredonna une chanson de la Kriegsmarine :

« Sur la tombe du marin ne fleurit pas la rose, ni le lys sur la vague de l'océan. Il n'a pour fleurs que les mouettes blanches, et les larmes brûlantes de la fille qui l'aime ».

– Avez-vous connu un certain H. Schwarzbrod ?

– *Nein*. Que faisait-il ?

– Il était oreille d'or dans un sous-marin qui avait l'étoile Mercedes peinte sur son kiosque. Nous ignorons s'il est encore en vie.

Le sous-marin ne lui disait rien. Il insista sur le rôle essentiel de l'oreille d'or, indispensable sur un submersible pour entendre les destroyers et les avions de très loin. Il précisa.

– Mais il y en a un encore en vie, pas très loin d'ici.

– Timothy Breitner.

– Oui. Dites que vous venez de ma part. Vous savez, plus personne ne s'intéresse à ces choses-là. Depuis très longtemps. Nous sommes des pestiférés, en quelque sorte. La mémoire vivante d'un cuisant échec.

Carol mit fin à l'entretien. Avant de partir, il lui glissa :

– Lorsque nous étions en mer, que nous ressentions la maladie du « fer blanc », ce dégoût d'être confiné dans notre étroite boîte de conserve, constamment sur le qui-vive, nous étions aigris. Nous maudissions la guerre, l'humanité et les inventeurs de sous-marins.

Carol se retrouva sous la bruine qui s'était épaissie, oscillant entre découragement et jugement négatif. Qui était-elle pour juger le destin de ces jeunes enrôlés par des fanatiques ? Qu'aurait-elle fait à leur place ? Ces questions la taraudaient tandis qu'elle arpentait le centre-ville. Elle se sentait désormais en sécurité et se décida à louer une voiture. C'était tout de même plus pratique pour se rendre à Laboe, puis à Kiel. Et puis, elle gagnerait un temps précieux.

12

Aucune nouvelle de Carol. J'avais plusieurs fois tenté de la joindre depuis la fin de mon entretien avec Morgenstein, mais je me heurtais toujours à la messagerie.

L'énervement me gagna, doublé par l'absence de maîtrise sur le rythme de l'enquête. Un texto nerveux insista sur le projet Ammerbach, tout en sachant qu'elle n'en prendrait pas plus connaissance que de mes appels.

Dexter et moi avions rendez-vous au Smalls. Je m'apprêtais à rentrer dans ma voiture, quand une voix féminine m'interpella.

– Monsieur Avogaddro. Pourrait-on boire un café ensemble ? J'ai à vous entretenir d'une affaire importante.

Pas le genre de femme que les hommes regardaient : ils jetaient leurs yeux sur elle. Une longueur de jambes à voyager qu'en première. Il n'était pas fréquent qu'une telle beauté féminine m'aborde de la sorte. J'avais bien tiré mon épingle du jeu, quand subsistaient encore des slows pendant lesquels, tel un coyote, ma voix suave chargée de testostérone se nichait. Depuis, je me terrais accoudé au bar, là où ne tombent que celles qui ont déjà usé de tous leurs tuteurs. Ou trop saoules pour prendre le volant.

Elle était accompagnée d'un homme aussi jeune qu'elle, cheveux et yeux noirs, au profil de rapace et dont le sourire semblait s'être évanoui à la naissance.

Je répliquai qu'on m'attendait, mais elle objecta que ce serait rapide. Elle se présenta : Dafna Ergon. Dans les trente-cinq ans, longiligne, la peau tachetée de rousseur. Cheveux blonds très courts, des muscles et des traits masculins, de ceux qui ont la mémoire du combat. Derrière des yeux marron, une volonté de fer.

– Nous avons eu vent de vos recherches, et nous…

– C'est qui le nous ?

Elle crispa les mâchoires.

– Peu importe !

Je haussai le ton, les nerfs à vif, rongés par le souci et le manque de sommeil.

– Non ! Pas peu importe ! Qui ?

Leurs regards se croisèrent.

– Nous représentons une organisation qui défend les intérêts d'Israël. Une organisation… occulte et très puissante.

Un flash. Morgenstein n'avait pas attendu longtemps.

– Le Mossad ?

De son regard déterminé, filtra une hostilité à couper au couteau.

– Peu importe, vous dis-je. Vous devez nous aider !

Usant d'un mode poignant, Dafna Ergon fit un rappel historique. Au procès de Nuremberg, certains dignitaires nazis avaient eu leur compte. Mais beaucoup s'étaient reconvertis, sous couvert de nouvelles identités et de la protection de la CIA, qui en avait fait des espions à sa solde, Klaus Barbie en tête. Bormann, Mengele et plus de sept mille d'entre eux avaient réussi à s'échapper. Une branche secrète du Mossad les poursuivait. Eichmann, trophée majeur, avait été enlevé d'Argentine par un commando, puis jugé et condamné à mort en Israël.

Le ton devint alors menaçant.

– Écoutez, ajouta-t-elle. Je vais vous parler sous le sceau de la confidentialité. Face à la montée progressive de l'islam en Égypte, en Lybie, en Tunisie et au Maroc, Israël doit s'armer massivement. D'autant que l'Iran est à deux doigts de nous agresser. Nous avons désormais mission de retrouver tout l'or spolié possible pour financer ce plan. Au plus vite ! Nous avons refait le parcours de certains chargements et réussi à en récupérer, à ce jour, plus de vingt tonnes. Et nous ne reculons devant rien.

Je décidai de la pousser dans ses retranchements en balayant ses arguments.

– Vous avez tort, asséna-t-elle. Notre dernière prise majeure remonte à six mois. À Bastia, au large de la Corse, en Méditerranée.

Le fameux trésor de Rommel, sur lequel j'étais tombé au cours de mes recherches sur internet. Accumulé au cours de ses conquêtes en Afrique du Nord et évacué au plus vite après la défaite d'El Alamein.

– Une légende vivace prétend qu'il est encore enfoui au large de Bastia. Il n'en est rien. Grâce au témoignage d'un nazi capturé qui faisait partie du convoi, nous avons su où il avait été réellement caché. Nous nous en sommes emparés discrètement. Trois tonnes. Nous aimerions donc mettre la main sur Schwarzbrod. Ça irait plus vite si vous nous disiez où il est !

Elle reprenait son souffle. Son compagnon m'observait toujours silencieusement.

– Vous faites fausse route. Il est mort !

Elle me dévisagea.

– Ne nous prenez pas pour des idiots ! Nous savons très bien qu'il est vivant.

Schwarzbrod serait encore vivant ! Je tentai de ne rien laisser paraître. Comment le savait-elle… Je brûlais d'envie de lui demander sa source. Il était avéré que le Mossad disposait d'informations de toute première.

– Dans ce cas, pourquoi n'allez-vous pas l'arrêter ?

Elle présenta un air las.

– Nous ne savons pas encore où ce rat se terre.

– Qu'attendez-vous de moi exactement ?

– Que vous partagiez vos informations sur le projet Ammerbach.

On y était. Ignorant la signification du nom extrait des archives sud africaines par Dixon, je me voyais donc mal lui en donner. La partie s'annonçait serrée. La volupté de jouer les éthérés, je fis la moue, celle qui incitait normalement à m'envoyer des claques.

– Hum, c'était un compositeur allemand, je crois.

Elle émit un petit rire sec qui sonna faux, puis marqua un temps. Les deux agents conversèrent rapidement en hébreu. Son regard emprunt d'une ironie perfide se reposa sur moi. Ils se levèrent.

– Vous êtes décidément stupide ! Nous ne pensions pas en arriver là. Savez-vous que nous possédons un dossier sur vous ?

L'uppercut me cueillit de plein fouet, mais je n'en montrai rien. Elle me toisait toujours.

– Votre grand père, Pietro Avogaddro, était un fasciste ! Un proche de Mussolini ! Du sang juif plein les mains. Nous ne nous gênerons pas pour le faire savoir. Je vous laisse réfléchir.

– C'est tout réfléchi, Mata Hari. Embarquez votre croque-mort d'acolyte, roulez votre dossier et farcissez-le de Mezze !

Elle me défia, puis ils me laissèrent en plan, s'ajoutant à mon fan-club non exhaustif d'ex-femmes, de repris de justice, de flics du FBI et de quelques politicards.

Un sentiment de solitude m'envahit d'un coup. J'hésitai de longues minutes. Je devais joindre mon père. Ma réputation m'importait peu, mais descendre d'un criminel de guerre, c'était autre chose.

– Thel, je ne t'en ai jamais parlé. Je... Je n'en voyais pas vraiment l'intérêt.

– Tu te fous de moi, Papa ! Qu'est-ce que c'est encore que ces conneries ! Passe encore l'assassinat de Laura, la perte de mon fils. Mais c'est quoi, cet atavisme ? Je suis en droit de savoir ! Putain ! C'est quoi, cette famille de barges ? Qu'est ce qu'il a fait, le grand père ?

Il était rare que j'élève le ton avec lui. Mais là, j'avais non seulement le sentiment d'être au fond du puits, mais en plus d'avoir reçu le seau sur la gueule.

– Calme-toi ! Tu parles de mon père ! Je l'ai quitté quand j'avais seize ans, pour m'enrôler comme tu le sais dans l'armée américaine. Et je ne l'ai jamais revu depuis.

Adolescent, mon père avait quitté la Sardaigne sur un coup de tête. Il ne m'en avait jamais expliqué les raisons. Il avait intégré l'école de l'air à Colorado Springs, puis avait combattu en Corée. Je tenais de lui un blouson d'aviateur en cuir de chèvre, col en mouton, un tigre peint sur l'épaule et l'inscription *37th Bomb squadron*. À la fin du conflit, il était devenu grand reporter et avait fini au *San-Francisco Chronicle*. Il reprit sur un ton plus doux.

– Thel, ma mère est morte quand j'avais dix ans. Mon père Pietro a fait de la prison et je me suis retrouvé seul, élevé par une lointaine cousine du village. J'en ai un vague souvenir. On n'a jamais pu prouver qu'il avait du sang sur les mains. Du reste, il a été jugé et libéré. Il a fini ses jours paisiblement au village.

Nous étions originaires de Ghisini précisément, dans les terres. Pietro était le deuxième prénom de mon fils Tom, en souvenir de cet homme que je n'avais jamais connu. J'essayai de comprendre pourquoi il avait refusé de le revoir.

– Nous n'en sentions, ni lui ni moi, le besoin. Il y avait trop de non-dits. Tu sais, il ne s'est jamais occupé de moi, alors… à quoi bon. Il est mort paisiblement, et il est enterré dans notre petit cimetière familial. Laissons-le en paix.

– Mais ça ne t'a jamais perturbé ?

– Thel, j'ai combattu pour la liberté. J'ai abattu des ennemis. J'ai ensuite couvert les grands drames de ce monde pour éclairer le public. Mais qui sait comment j'aurais réagi à dix-huit ans en plein conflit mondial, avec un tribun de la trempe de Mussolini ? Je n'avais pas à le juger. Et, encore une fois, rien ne te prouve qu'il ait eu du sang juif sur les mains. Il est vrai que nous n'en avons jamais parlé, toi et moi. Mais qui t'a dit ça ?

– Le Mossad.

– Que fous-tu avec eux ? Méfie-toi, ils manipulent les dossiers, justement pour faire chanter les gens.

– C'est une longue histoire, Papa. Je passerai te voir dans quelque temps.

Mes mains tremblaient encore quand je rejoignis Dexter au Smalls. Un groupe de copains se produisait depuis plus d'une heure. Ils me proposèrent de les rejoindre sur *Body and Soul*, mais je déclinai.

Dexter ne fit aucune remarque sur les verres de bourbon qui s'enchaînaient. Je me calmai peu à peu. Rien ne servait de perdre son sang-froid. Il tenta une diversion et expliqua l'influence de la nature sur la musique en général. La météo, selon lui, reflétait l'humeur des gens, donc du blues. Inutile de lui préciser que la mienne était griffée de pluie, de larmes et du mutisme de Carol.

Je rentrai sous une pleine lune. Alors que je sortais de l'ascenseur, la vue de ma porte entrebâillée me fit sursauter. Sur mes gardes, je me collai promptement contre le mur. Mon cœur cognait. Je me maudis de ne pas avoir mon arme sur moi. D'interminables minutes s'écoulèrent durant lesquelles, les muscles bandés, mes yeux s'habituèrent à la pénombre. Je me déchaussai et avançai pas à pas. En contre-lune, je constituais une cible idéale. Je rampai vers mon bureau. Mes dossiers jonchaient le sol. Les coussins et les tiroirs étaient retournés, les deux phrases au mur déchirées, l'ordinateur allumé. Les objets de valeur trônaient toujours.

Je me redressai et évaluai la situation. Mon cerveau partait dans tous les sens et je m'efforçai de le ramener sur le terrain de la raison. La plupart des informations étaient heureusement dans mon calepin, qui ne quittait jamais ma poche arrière. Dont les coordonnées d'Ingrid Malowre. La carte postale reposait à la banque. Les dossiers de Carol étaient dans son portable qu'elle avait emporté. Par contre, la facture de son billet et la photo du U-182 avaient disparu.

La colère me saisit et je sortis d'un tiroir un paquet de Lucky que j'ouvris rageusement. Quelques secondes après, mes narines recrachaient une fumée plus grise que d'habitude.

Le Mossad n'avait pas mis longtemps à contre-attaquer. Il me fallait prévenir Carol, sans l'alerter outre mesure.

13

CAROL CHERCHAIT VAINEMENT une fréquence radio qui lui convienne. La pluie redoublait et les projections d'eau par les véhicules ne lui simplifiaient pas la vie. Elle faillit louper la 215 en direction de Kiel et de Laboe. Thel, ainsi que l'état de santé d'Ingrid Schwarzbrod occupèrent un instant ses pensées. Elle se décida à contacter Thelonious dès qu'elle arriverait à l'hôtel.

Après une heure de conduite pénible au milieu d'une campagne sans grand intérêt, Carol aperçut le port de Kiel et les immeubles flottants de Tui Cruises, qui organisaient des croisières sur la Baltique. Le GPS indiqua le siège social de la Stena Line, puis le Berliner Hof Hôtel, un lieu modeste sur Ringstrasse où elle avait réservé une chambre.

Douchée et réchauffée, elle contacta Ralf Oesten, maître mécanicien, deuxième sur la liste. Une voix féminine l'enjoignit de patienter. Un timbre d'outre-tombe, à peine audible et chevrotant, se présenta à l'autre bout du combiné. Dans un anglais parfait, il fit comprendre qu'il était très fatigué et qu'il souhaitait décommander le rendez-vous. Usant de trésors de conviction, elle lança un dialogue et montra, par un vocabulaire approprié et des détails historiques, qu'elle maîtrisait son sujet. Elle le sentit se détendre peu à peu.

Il n'avait jamais entendu parler d'un H. Schwarzbrod. Elle prêta attention à son parcours qu'il détailla, Thelonious lui ayant appris qu'une information en apparence anodine pouvait faire rebondir n'importe quelle enquête.

Il embraya sur son histoire, celle d'un jeune expert en mécanique enrôlé dans la Kriegsmarine. Décoré lui aussi, il avait fait partie d'un sous-marin qui avait refusé de se rendre. Après un vote de l'équipage organisé par le commandant qui souhaitait se réfugier en Argentine, une partie des hommes avait été déposés dans un canot au large de la Suède. Les autres parvinrent jusqu'à Mar del Plata, après une véritable épopée.

Arrêté avec les honneurs, il avait été transféré avec le reste de l'équipage à Washington pour interrogatoire, puis dans un camp en Angleterre. Relâché quelques années après, il avait monté une petite entreprise de mécanique et avait vécu sereinement.

Carol le remercia. Elle décida d'attendre le dernier rendez-vous avant d'appeler Thelonious pour une synthèse.

Elle profita d'une éclaircie pour se rendre par la 502 à Laboe, quelques kilomètres plus loin. Une petite station balnéaire d'allure paisible. Elle se gara et parcourut la jetée, l'ordinateur dans le sac en bandoulière.

Un vent humide et salé, chargé d'iode, d'algues séchées et de varech emplit ses poumons. Une myriade d'ailes volantes opérait des entrelacs gracieux dans un ciel d'aquarelliste à l'âme maussade. Elle se rendit au Mémorial, paya son entrée et gravit les marches.

Le monument ressemblait à un éperon, avec une vigie accessible de quatre-vingt-cinq mètres. Elle décida de le grimper à pied, délaissant l'ascenseur. Les muscles de sa poitrine la faisaient encore souffrir. Parvenue au sommet, elle devina les côtes danoises. Elle descendit, puis se dirigea vers des murs de briques qui encerclaient le bâtiment principal où étaient inscrites les identités de plus de trente mille disparus pendant la Première et la Deuxième Guerres, toutes nationalités confondues, par ordre alphabétique.

Lorsqu'elle arriva devant le huitième muret, son cœur se mit à battre. Elle laissa glisser le doigt le long des gravures sur fond noir et s'arrêta sur une colonne de huit Schwarzbrod. Elle plissa les yeux. Un sentiment d'impuissance l'envahit alors. Aucun prénom ne commençait par H. Elle se laissa gagner par le découragement, puis se ressaisit, prit quelques photos et parcourut à pied la jetée dans l'autre sens, s'auto-persuadant que le troisième rendez-vous serait le bon.

Elle alluma sa messagerie en chemin. Thelonious l'informait de ses échanges avec le Mossad et du projet Ammerbach, et lui intimait l'ordre de rentrer au plus vite, sans plus d'explication. Elle faillit tomber à la renverse. Schwarzbrod serait vivant… Elle hésita, ne sachant que faire. Après tout, le domicile de son troisième rendez-vous n'était plus qu'à quelques mètres.

Timothy Breitner habitait une charmante maison de poupée, au 32 Strand Strasse, protégée par un mur de chaux blanche. Une bâtisse d'un étage, aux parements de pierres bleu marine qui venaient délimiter les ouvertures. Devant, un jardinet de roses pâles. Carol franchit l'étroit portail dans un grincement métallique et tapota doucement sur le verre de la porte.

Il lui proposa d'entrer au moment ou la pluie se mit à retomber. Elle accepta une tasse de café. Il était de taille moyenne, épais comme un thermomètre, les veines saillantes. L'intérieur était cosy. Aux murs, l'œuvre assurée d'un peintre de la marine et de nombreuses photos encadrées de sa famille. À côté de la cheminée, un équipement hi-fi sophistiqué. Il s'assit face à elle et lui demanda si la fumée ne la dérangeait pas, tout en bourrant une pipe en ivoire sculpté. Son tabac exhalait une odeur tourbée agréable. Carol lui passa le bonjour de Jürgen Thoms.

Après des présentations polies, il fit un récit de son histoire, étonné qu'on vienne d'aussi loin pour l'entendre. Il avait exercé dans trois U-Boat comme oreille d'or. Lui aussi avait été fait prisonnier en Angleterre. Libéré, il avait mis son don au service de la recherche acoustique chez Audio Technica, tout en gardant une mission de conseil sur les évolutions des systèmes d'écoute dans la marine. Il posa son regard bleu acier sur elle. En guise de première question, elle lui demanda d'où il tenait ce don.

– Tout jeune, je percevais des sons que les autres n'entendaient pas. Dans le foyer qui m'avait recueilli, on écoutait beaucoup de musique classique. Je pouvais distinguer séparément chaque instrument d'un orchestre philharmonique. Deviner leurs emplacements les yeux fermés. Et les bruits de forêt, d'automobiles, les cris d'enfants, à des distances très lointaines. Ce don m'a conféré une réputation locale ; un officier de la Kriegsmarine est venu m'enrôler. J'avais seize ans. J'ai suivi un stage intensif pour apprendre à reconnaître des bruits comme les hélices, les torpilles, les mouvements aquatiques. Enfin, tout ce qui permettait de situer un sous-marin en plongée et d'éviter l'ennemi.

Carol releva la tête de l'écran.

– Le projet Ammerbach vous dit-il quelque chose ?

Il sursauta et se leva prestement pour un homme de son âge. Carol tressaillit à son tour. Il lui tourna le dos et se dirigea vers la fenêtre pour s'abîmer dans une longue contemplation de la baie. Un silence pesant s'installa, interrompu par ses bouffées de tabac à la fumée paresseuse et méprisante, qui rajoutaient une note triste au ciel plombé. Après de longues minutes, il se retourna. L'instant de vérité.

– Après tout, on peut en parler maintenant. Je ne l'ai jamais dit à personne, pas même à ma famille. Ammerbach est le grand regret de ma vie !

Carol sentit un poids énorme quitter sa poitrine. Elle pivota plusieurs fois la tête pour assouplir les muscles du cou. Il lui expliqua alors que, début 44, il avait été convoqué par l'état-major. L'objet était de faire partie d'une mission ultra-secrète, dévolue à trois sous-marins, qui devaient attendre, cachés dans l'Atlantique, la suite des événements. Pour faire partie de l'aventure, il fallait répondre aux conditions suivantes : finir dans les trois premiers aux tests, être sans attache familiale et impliqué corps et âme dans la survie du troisième Reich. Ils avaient été plus d'une centaine de membres d'équipage, toutes spécialités confondues, à avoir suivi une sélection impitoyable.

– J'ai fini quatrième des oreilles d'or…

Carol l'observa un long moment. L'adrénaline gonflait ses veines, mais elle tenta de se maîtriser. Tout se mettait en place. Elle avança ses pions.

– Et si je vous dis qu'un certain H. Schwarzbrod a fini dans le trio de tête ?

Il présenta un sourire narquois et fit oui de la tête.

– Henry ? Ach, Henry… c'était le meilleur ! Il pouvait entendre le coït d'une baleine à trente miles. Il a fini premier à tous les tests. Tout le temps à innover, à perfectionner les systèmes d'écoute. Un ingénieur dans l'âme.

Un soulagement envahit Carol. Thelonious allait être fier. Cependant, quelque chose ne collait pas. Henry Schwarzbrod avait une femme et une fille.

– Je l'ignorais, pourtant nous avions été assez proches pendant les sélections. Il a dû le passer sous silence.

– Il semblerait qu'il les ait mises dans un bateau en partance pour les États-Unis.

– Cela ne m'étonne pas. Vous savez, c'était le Graal pour nous, ce projet. Nous nous sentions investis de la mission suprême, qui justifie qu'on ait consacré sa vie à la défense de son pays.

– Savez-vous d'où il était, et ce qu'il est devenu ?

– Si je me souviens bien, il était originaire de Wilhelmshaven, une petite ville portuaire, non loin d'ici. Ce qu'il est devenu ? Les sélectionnés ont été embarqués vers un lieu secret. Nous n'avons plus jamais eu de nouvelles. J'ai longuement cherché dans les archives les noms de tous mes camarades du stage, mais je n'ai rien trouvé. Ils se sont tous évanouis dans la nature. Ils ont probablement coulé. Mais, pourquoi me demandez-vous tout ça ?

Carol n'eut pas envie de mentir. Elle demanda quelques minutes pour finir de taper son compte rendu, puis elle lui expliqua toute l'histoire.

– J'ignore s'il y avait de l'or à bord, répliqua-t-il. Mais le projet semblait crucial pour les autorités de l'époque. Quand est-il mort ?

– En fait, nous ne sommes pas complètement certains qu'il le soit.

– Promettez-moi de m'informer si vous arrivez à savoir ce qu'il est devenu, demanda-t-il en lui serrant la main.

Elle prit poliment congé.

La pluie, qui maintenant redoublait de violence, tombait à l'horizontale. Le ciel s'était chargé d'une dalle noirâtre ponctuée d'éclairs menaçants. À peine deux mètres de visibilité, tout au plus, zébrée de giclées de grêles. Cinglée par les rafales, sa voiture tanguait dangereusement, ballottée comme un fétu chaque fois qu'elle croisait un camion remontant vers le Nord. Carol contrôla in extremis plusieurs embardées, brancha le warning et se calma. La fatigue s'accrochait à son cou et à ses trapèzes. Le stress, le décalage horaire, les effets secondaires de son opération récente. Elle cligna machinalement des paupières et se mit à imaginer la moue satisfaite de Thelonious lorsqu'elle lui expliquerait sa trouvaille.

Soudain, la corne violente d'un camion vrilla ses tympans et la ramena brutalement à la réalité. L'angoisse l'étreignit à la vue des phares menaçants qui s'approchaient à vive allure au travers de ses essuie-glaces. Elle braqua tant bien que mal sur la chaussée glissante. Trop brusquement. Une folle sarabande s'empara du véhicule. Cramponnée au volant, elle hurla et vit sa dernière heure arriver.

14

J'avais difficilement posé un pied hors du lit. Un cauchemar m'avait laissé hébété vers quatre heures du matin, dans un marigot de sueur. Une horloge géante piquait de ses aiguilles les portraits de Carol et d'Ingrid. J'étais resté un long moment hanté par cette vision qui, malgré mes clignements revenait en boucle. La voix de Carol n'était que celle de sa messagerie.

J'hésitai sur la conduite à tenir. La visite nocturne du Mossad m'avait plus déstabilisé que je ne voulais l'admettre. Attendre indéfiniment que Carol appelle n'était pas la bonne solution.

Je fis un crochet par mon domicile.

– Tu avances sur tes oreilles d'or ?

Dexter écouta le résumé de l'enquête et hocha la tête en forme d'approbation.

– Hey, Thel, tu apercevras bientôt la lumière, mais il ne faut pas trop t'en approcher. Tu pourrais te brûler les ailes.

Le mythe d'Icare, qui avait accompagné tant d'artistes. Le désir d'aller toujours plus loin vers la connaissance de ses limites qui soulevait le risque de se retrouver face à sa condition de simple être humain.

– Regarde le peintre Rothko, Dexter. Il s'est suicidé pour s'en être approché de trop près. Dans sa quête du spirituel, du divin.

– Comme Charlie Parker et Coltrane. Ils ont tous grimpé leur Everest, avant de décrocher. La drogue, bien sûr. Mais quand tu cherches l'illumination, tout est bon.

Je renchérissais.

– La quête de la Lumière t'aspire dans les ténèbres. Le peintre Nicolas de Staël disait : « Dieu que c'est difficile la vie. Il faut jouer toutes les notes, les jouer bien ».

Sur ces échanges d'un optimisme confondant, la sonnerie retentit. Carol !

– Salut sweetie ! répondis-je, enjoué. Je commençais à me faire un putain de souci !

– C'est… Je m'appelle Greta Brönner. Je… je suis de la police allemande. J'ai composé le premier numéro des favoris de son portable… Vous êtes son père ?

Mon sang se glaça tandis que je répondais instinctivement par l'affirmative, les muscles contractés dans l'attente d'une terrible nouvelle. Se faufilant alors silencieusement dans des mots pudiques, Greta Brönner me détailla ce qu'il s'était passé.

Carol avait fait une terrible embardée. Sa voiture s'était précipitée sur un terre-plein latéral avant de se pulvériser dans une succession de tonneaux. Les mots de Greta s'entrechoquèrent. J'attendais avidement la suite, les membres lourds, pressé qu'elle en finisse.

– Le mieux serait que vous veniez vite. Elle a été transportée par hélicoptère à l'hôpital Eppendorf de Hambourg. Elle est en vie, mais dans le coma. Le pronostic est très réservé. Quatre côtes enfoncées, vertèbre C5, trachée et glotte écrasées. Probablement par le levier de vitesse ou le tableau de bord. Si... si elle sort par miracle de son coma, il y a peu de chance qu'elle remarche. Heureusement... heureusement quelqu'un qui passait a eu la présence d'esprit de s'arrêter et de lui faire une trachéotomie et un massage cardiaque.

Tout en posant la question suivante, je me rendis compte à quel point j'honnissais les réflexes pavloviens de maîtrise dus à des décennies de drames, qui occultaient le trop-plein d'émotions.

– Qui ?

– Nous l'ignorons. Il s'est enfui peu avant que la première patrouille n'arrive. Il lui a probablement sauvé la vie. On a retrouvé des marques rougeâtres au niveau du cœur témoins d'un massage énergique et un tube sommaire planté dans la gorge de votre fille. Le cerveau est resté oxygéné.

– Ma... mais, ce type était là par hasard ?

– Nous n'en savons rien. Il a abandonné son véhicule. Loué sous un faux nom. Il devait la précéder.

15

GRETA BRÖNNER était venue m'accueillir pour me conduire à l'hôpital. Une femme obèse, les cheveux châtains courts, des yeux délavés, l'allure asexuée. Nous avions remis les explications à plus tard.

Exténué, hagard, je demeurai assis sur le fauteuil de la chambre où reposait Carol. Désormais, Ingrid et sa course contre la montre passaient à l'arrière-plan.

Je veillais Carol depuis le début de l'après-midi. Pour une des rares fois de ma vie, je priais et sanglotais comme un enfant, à l'affût de ses moindres soupirs. Un genre d'oreille d'or, par une cruelle ironie, concentrée sur le bourdonnement des machines qui la maintenaient en vie. Je l'aimais cette petite, et me jurais que, si elle s'en sortait, on ne me prendrait plus à entraîner une jeune innocente dans une histoire pareille.

Quel idiot avais-je été de suivre mon instinct au moment de l'embaucher. Comme s'il n'y avait pas déjà suffisamment de tombes dans le cimetière que je trimbalais dans mon poitrail. Je maudissais la vie, le destin et tous ces vents contraires qui gonflaient mes voiles tachées de sang.

Je balayai délicatement les mèches sur son front et lui susurrai des mots réconfortants. Une minerve rigide bleue enserrait son cou gracile. L'appareil respiratoire chuintait doucereusement. Ma main pressait régulièrement la sienne, jusqu'au petit matin. Sorte de morse pour lui signifier que j'étais avec elle.

Le médecin-chef, un jeune au visage frais et rassurant m'expliqua qu'il ne pouvait se prononcer pour l'instant. Si elle s'en sortait, elle resterait probablement tétraplégique. Il précisa qu'elle avait eu beaucoup de chance. À deux millimètres près, une C5 brisée ne pardonnait pas.

Greta Brönner entra. Nous nous isolâmes à la cafétéria. Elle s'assit difficilement dans un fauteuil qui couina sous son poids. J'attrapai une chaise et l'enfourchai comme un cheval.

Elle procéda à un résumé de façon concise. Aller à l'essentiel, il n'y avait que ça qui comptait.

– Les premières expertises sur la chaussée montrent que votre fille a perdu toute seule le contrôle de sa voiture. Nous avons vérifié le témoignage du chauffeur qui a failli la percuter. Elle avait dévié de sa route. Nous ne savons toujours rien du type qui lui est venu en aide. On tente de récupérer ses empreintes sur le tube.

Quel bon samaritain pouvait agir ainsi…

– Ce n'est pas ma fille. C'est mieux que ça. Et je suis un ex-flic. De la police de New York.

Elle resta de marbre, puis tritura ses ongles, hésitante. Elle se pencha sur le côté et tendit un sac.

– Tenez, voici ses affaires.

Un déferlement de sanglots me secoua. J'attrapai le mouchoir tendu, puis lui déroulai le récit complet de l'enquête.

– Vous n'avez plus rien à faire ici, objecta-t-elle. Elle est entre de bonnes mains. Foncez ! Allez au bout. C'est ce qu'elle vous aurait commandé de faire. Je vous tiendrai informé de son état. Appelez-moi si vous avez besoin de quoi que ce soit.

Je contactai Ingrid. Le ton de ma voix indiquait que je souhaitais mettre un terme à la mission. Elle prononça les mots de compassion d'usage, mais regimba devant mon désir de tout stopper. Je raccrochai, déçu.

Je veillai Carol trois autres nuits, silencieux comme un sépulcre, admirant l'altruisme du personnel hospitalier. Prévenus par mes soins, ses parents s'étaient présentés, atterrés. Ivres de chagrin et de fatigue, ils préféraient attendre à leur hôtel la nouvelle fatidique, passant de temps à autre voir leur fille. Son état comateux n'avait subi aucune évolution. Le médecin-chef, avec lequel j'avais fini par sympathiser, expliqua que cela pouvait durer des semaines, voire des mois, ou même des années.

Je repensai aux paroles de Greta, et au texto d'excuses et d'encouragements que je venais de recevoir d'Ingrid. Ma décision fut prise. Si Dieu avait placé les yeux sur le devant de notre visage, ce n'était pas pour regarder en arrière. On m'indiqua le Louis Jacob comme le meilleur hôtel du coin. Je laissai plus d'une fois mon numéro de portable avant de quitter l'hôpital.

Délaissant la chambre spacieuse, je descendis sur la terrasse à la vue imprenable sur l'Elbe et m'installai à une table de jardin en fer forgé. Quelques gorgées de vin rouge et un demi-paquet de Lucky firent tomber peu à peu la tension.

J'ouvris le sac de Carol et trouvai son ordinateur sur le dessus. Il fonctionnait toujours. L'incrédulité me gagna devant le code d'accès réclamé par ce modèle de sophistication cybernétique. Je m'en voulais de ne pas avoir pensé à le lui demander. J'essayai « Carol », « Segrue », et d'autres mots en rapport avec elle. Sans succès. En dernier recours, je tentai « sweetie ». La page d'accueil apparut, m'arrachant une moue satisfaite.

Divers dossiers se matérialisèrent, dont un intitulé « jazz Thel ». À ma surprise, il contenait divers morceaux de ma bibliothèque idéale. Je parcourus la liste et branchai *Ruby my dear* de Coltrane et Monk. De plus en plus détendu, je cliquai sur le dossier Schwarzbrod. Toutes les informations étaient classées par thème. La lecture des comptes rendus de ses entretiens me replongea dans l'anesthésie bienheureuse de l'enquête. Elle avait abattu un sacré boulot et, ne serait-ce que pour ça, je me devais d'aller au bout. Prenant des notes au fur et à mesure, je fis la synthèse.

Henry Schwarzbrod avait été une oreille d'or hors pair dans la Kriegsmarine, doublé d'un technicien exceptionnel. Il avait été choisi, avec d'autres triés sur le volet, pour une mission secrète de la plus grande importance, au crépuscule du Troisième Reich. Au point qu'il lui avait fallu expédier les siens par le premier bateau en partance pour les États-Unis. Je l'avais vérifié en rappelant Dixon, qui m'avait assuré qu'à l'époque avaient subsisté quelques liaisons maritimes. Je supposais du reste que, en tant que marin et originaire de la côte, Henry Schwarzbrod eût disposé de toutes les connexions.

Il apparaissait que son sous-marin transportait de l'or ou un secret militaire, vital pour la survie du Reich. Plutôt de l'or, aux dires du Mossad qui semblait bien informé. Le plan initial avait été contrecarré par la reddition allemande et les attaques d'un destroyer au large du Cap de Bonne Espérance, puis d'un Liberator. Les deux occasionnant de forts dégâts matériels et humains. Le sous-marin ravitailleur, qui lui avait été dévolu – preuve s'il en était de l'importance de la mission – avait été arraisonné au large de Madagascar. Réussissant à rejoindre Zanzibar avec un équipage réduit, Henry Schwarzbrod avait envoyé la carte postale plus de deux mois après la reddition allemande. Le Cabinet Bousquié avait fait part de sa mort en même temps que la carte, mais, coup de théâtre, le Mossad assurait qu'il était encore vivant. Inutile de donner de faux espoirs à Ingrid, dans son état, tant que je n'aurai pas vérifié.

Je pris du recul, bras croisés derrière la nuque, un regard vers le soleil couchant qui embrasait le ciel comme un tableau de Turner. Je relus l'ensemble des notes sur l'affaire, sans rien y détecter. Nous étions dans l'impasse. Une seule issue s'imposait : revenir à la source de l'histoire, en Tanzanie.

Le crochet en Allemagne nous avait fait perdre un précieux temps. La réceptionniste de l'hôtel me trouva un vol Lufthansa pour le lendemain matin à destination de Mombasa. Puis un Kenya Airways jusqu'à Dar Es Salaam.

Assommé par une deuxième bouteille, je passai une nuit paisible. Je me rendis à l'hôpital et embrassai Carol, la gorge nouée. J'acceptai le vaccin contre la fièvre jaune et le plein de nivaquine qu'on me proposa et je m'engouffrai dans un taxi.

La chasse continuait.

16

Le vol, bondé de touristes allemands, friands de la destination, s'était plutôt pas mal déroulé jusqu'à Mombasa. Je n'en dirais pas autant de la suite. Le pilote avait joué à saute-mouton entre les cumulo-nimbus, s'y reprenant à deux fois pour toucher le sol de Dar Es Salaam, aux alentours de midi. Air Tanzania, « Inch Allah Airways » selon mon voisin de vol, qui m'avait dressé un bref topo sur la situation du pays et les moyens de transports.

Un marbré d'étuve et de pluies diluviennes qui me rappelèrent la Louisiane baignait la ville. La moiteur vous collait aux os comme un sparadrap. J'extirpai cinquante dollars de ma ceinture sur les quatre mille que j'avais pensé à emporter en cash, et réglai un visa de trois mois à une douanière dont les neurones semblaient concentrés dans sa croupe.

Le marché noir avait été érigé sport national. Pour être serein en cas de contrôle, je me rendis au bureau de change afin de détenir un minimum de shillings tanzaniens au cours officiel, moins rémunérateur. Un taxi

Datsun me déposa à l'hôtel *Sea Cliff*, où une réservation m'attendait depuis Hambourg.

Douché et rasé, après une rapide chasse aux cafards, je me mis en quête d'une carte géographique. J'en dénichai une chez un boutiquier du coin. Un Tanzanien m'alpagua sur le chemin du retour pour me proposer un taux de change avantageux. L'échange discret, à l'abri d'un jacaranda, n'était pas sans me rappeler les paquets d'oubli qui se dealaient en cachette au cours de quelques enquêtes suivies auprès de la DEA. J'enfournai la liasse épaisse. De quoi voir venir.

Rentré à l'hôtel, je posai quelques questions pratiques au directeur pour m'affranchir des us et coutumes locales. Impuissant face au rideau de pluie qui s'abattait avec fracas sur les toits de tôle ondulée, je tentai d'aspirer un peu d'air frais et ouvris la fenêtre. Peine perdue, des volutes humides suffocantes enveloppèrent la pièce. Le climatiseur se mit en branle comme un B-52 au décollage, avant de ronronner sur sa vitesse de croisière. Carte étalée sur le lit, je m'imprégnai des lieux.

J'hésitai entre me rendre à Zanzibar ou d'abord au Lac Victoria. La plupart des mines d'or y étaient recensées. Malgré les informations que j'avais glanées, l'hypothèse qu'Henry Schwarzbrod ait pu s'y rendre pour faire fortune n'était pas écartée. Et puis, je n'étais pas homme à ne pas fouiller toutes les pistes. Un mauvais choix me ferait perdre encore un temps précieux, mais je me fiais à mon instinct. Cap vers le lac.

En pleine saison des pluies, et avec la distance – plus de mille kilomètres –, la voiture était illusoire. Et rares étaient les voies goudronnées. Quant aux pistes, le directeur avait assuré qu'elles étaient inondées. Embourbement assuré. La Tanzania Railways Corporation ne fonctionnait qu'à moitié. « Inch Allah Airways » proposait une liaison journalière à 8 h 45 avec la ville de Mwanza, point névralgique des filons aurifères de la région.

Je dormis du sommeil du juste. Un vent tropical, gorgé de sel, avait balayé le ciel, lui redonnant un bleu originel. Une marée de lumière aveuglante baignait la ville blanche. De nombreux dhows, des embarcations de bois à voile triangulaire, prenaient la mer.

Je me méfiai de cette tranquillité relative. Le Mossad devait être là, aux aguets. C'est en tout cas ce que j'aurais fait à leur place et je le souhaitai secrètement. Je n'acceptais pas l'idée qu'ils aient déjà pris une avance décisive.

Une humidité poisseuse s'était insinuée dans mes cigarettes, me forçant à constamment tirer sur le tabac, arrachant à chaque bouffée un goût de mélasse. Ragaillardi après une bonne douche, j'affrétai un taxi qui me conduisit à l'aéroport. De fréquents regards en arrière m'assurèrent que je n'étais pas suivi.

Je payai avec les shillings achetés la veille et montai dans un vieux Fokker qui effaça la piste dans une nuée d'huile fumante et rasa les manguiers. Accoudoirs et tablette avaient disparu depuis bien longtemps. À travers le hublot rayé, défilait une brousse monotone, au milieu de laquelle je devinai des troupeaux de zèbres, de gnous et de girafes. Aucun des *big five* vantés dans les prospectus – à savoir éléphant, rhinocéros, lion, buffle et léopard. J'en profitai pour discrètement mémoriser les visages des passagers.

Au milieu des crachouillis de sa radio, le pilote signala l'imminence de notre arrivée. L'immensité du Lac Victoria se développa majestueusement sous nos ailes, zébrée de navires marchands et de barques de pêcheurs. Il alimentait les échanges entre la Tanzanie, l'Ouganda, le Rwanda et le Burundi. Une mer intérieure qui rappelait le lac Michigan.

Nous nous posâmes sur une piste de terre détrempée, peu avant midi. Une averse carabinée nous inonda au moment où nous sortions de l'avion. Je me précipitai vers un bâtiment qui abritait l'aérogare. En l'absence de taxi, je négociai un transfert en pick-up vers le Victoria Breeze, l'un des rares hôtels convenables de Mwanza, situé en bordure du lac.

Le chauffeur, un kamikaze au sourire hilare qui dévoilait des dents en or, comptait plus de rayures que la carrosserie de sa voiture. Il avala à fond de train les quelques kilomètres, au rythme endiablé des guitares électriques typiques de l'Afrique de l'Est que diffusait sa radio. La musique envoûtante me berça et je mesurai alors combien la terre africaine était un juke-box qui tournait à l'énergie solaire : du sol sortaient les racines, en tronc le jazz, en guise de branches et fruits, le rock, le funk, le reggae et le hip-hop.

Mwanza avait tout d'une ville du Far West, bordée de collines plongeant dans le lac. Des rues entières de tentes et de baraques, quelques immeubles, où les saloons étaient remplacés par des mosquées. Des fils électriques accrochés à des poteaux improbables bornaient les axes en terre battue.

L'hôtel n'en avait que le nom. Je pris possession d'une chambre spartiate et m'allongeai quelques instants sur un lit inconfortable, protégé d'une moustiquaire rapiécée. Pas facile de somnoler avec, au-dessus de sa tête, les bruits de succion d'une mante religieuse qui dégustait son mâle. Il était temps, pour moi aussi, de me remplir l'estomac et je descendis à la réception.

Les tentatives pour joindre Ingrid et l'hôpital de Carol demeuraient vaines, ce qui m'assombrit. L'abonnement souscrit à Dar Es Salaam auprès de la TTCL, l'opérateur local, ne fonctionnait pas. Le trou du cul du monde, assurément.

La mousson se retira au coucher du soleil, vers dix-sept heures, laissant derrière elle un nappage de flaques et une nature redevenue pleine d'humilité. La surface du lac avait revêtu une robe ardoise. Le voyant consulté par Ingrid Schwarzbrod n'avait pas eu tort : l'endroit était entouré d'eau, mais tellement perdu qu'on pouvait y disparaître sans que personne ne remarque votre absence. Le lieu idéal pour se faire oublier. Et plus que jamais en 1945.

J'arpentai un chemin boueux, sous des arbres noirs comme de l'ébène, et me mettais à l'écart à chaque passage de véhicule. Les hommes palabraient, les femmes en boubous multicolores cuisaient le dîner dans des calebasses de bois ou de métal à l'abri des guirlandes de lampes à pétrole cernées de nuées d'insectes, qui éclairaient les devantures des habitations en torchis et terre battue. Les radios bêlaient au crépuscule. En guise d'eau courante, des seaux qui se passaient de main en main.

Cible privilégiée des moustiques et autres objets ailés non identifiés, je me frappais en permanence les avant-bras et le cou. Soudain, la savane se mit à bruire. Gargouillis de crapauds, crécelles d'insectes. Un bouillon de culture soudainement branché sur enceinte.

Un bâtiment en dur d'époque coloniale, aux balcons ouvragés, abritait la State Mining Corporation – la Stamico –, qui recensait toutes les licences aurifères. Le ronronnement d'un générateur expliquait la clarté de l'endroit, éblouissant de lumière inutile. Une porte moustiquaire grinça et je demandai à parler à l'un des responsables.

Un homme frêle m'accueillit, cintré dans un costume noir élimé, les cheveux crépus blanchis, la chemise recouverte d'une cravate pelle à tarte trop grande. Il me demanda de patienter. La cinquantaine consommée et un sourire béat qui dévoilait une paire de dents en or, symbole de richesse. Le dentiste local s'en donnait à cœur joie.

Vingt minutes s'écoulèrent pendant lesquelles il poursuivit son tri de dossiers. Peu habitué à cette léthargie sympathique qui semblait caractériser l'Afrique, je m'impatientais. Quelques toussotements attirèrent son attention. Jason Mnutuyu se décida et vint près de moi. Il prêta alors à mon récit une attention marquée. Dans un anglais parfait, il m'enjoignit de le suivre vers une salle des archives au bordel organisé.

Des classeurs et des monceaux de papiers épars débordaient de vieilles étagères métalliques. Bill Gates n'avait pas encore sévi ici. Aucun moyen d'échange ou de coordination ne préexistait avec Arusha ou Dar Es Salaam, qui semblaient à des années lumières.

Arrivé devant des dossiers cartonnés jaunis, Jason Mnutuyu procéda à un bref rappel. Les premières activités minières dataient de 1895. Elles avaient ensuite donné naissance, par décision gouvernementale et avec l'appui de grands groupes internationaux – essentiellement sud-africains – à des extractions de grande envergure. La zone autour du Lac Victoria était devenue le nouvel Eldorado pour une population rongée par le sida et affamée par des années de corruption gouvernementale.

Les archives de prospection remontaient à la période de la colonisation allemande. Selon Mnutuyu, nombreux y avaient fait fortune, avant de revendre leurs filons à ces grands groupes. Je lui demandai si quelqu'un d'autre était venu récemment lui demander ces informations. Il répondit par la négative. Moyennant deux cents shillings qu'il enfourna rapidement dans sa poche, il m'autorisa à embarquer trois classeurs relatifs aux dépôts d'autorisations d'extraction, qui correspondaient aux années 1945, 1946 et 1947.

Le reste de ma nuit se déroula, à coup de Pepsi et de cigarettes, à reclasser les informations, souvent disparates et incompréhensibles, de fréquents regards à ma montre comme si j'avais pu freiner la course folle des aiguilles. Collées par l'humidité, les feuilles contenaient des listes baveuses de noms écrits à la plume. Plus de trois cents gisements avaient été découverts, puis exploités, la plupart aux mains d'Allemands. Je cherchai fébrilement le nom d'Henry et fus pris d'une profonde lassitude. Il ne figurait nulle part. S'il avait changé d'identité ou utilisé un prête-nom, c'était l'impasse. Déçu et exténué, je m'endormis comme une masse.

Carol me souriait, un tamis entre les mains. Une rivière serpentait doucement, au milieu de pins et de roches typiques du Montana. Mon fils Tom courait vers elle, les bras tendus, heureux, une pépite dorée entre les mains. Je m'apprêtais à les rejoindre quand je ressentis soudain une démangeaison à la paupière.

Je hurlai en me redressant sur le lit. Un cafard me mordillait le haut de l'œil. Je l'envoyai valdinguer et l'écrasai avec une chaussure. Hébété, je m'assis brutalement sur le lit, arrachant par mégarde l'accroche de la moustiquaire qui me tomba dessus. Je hurlai de nouveau, la tête enfouie dans les bras, recouvert du linceul blanc, et me mis à chialer comme un gosse esseulé, prenant conscience de mon rêve brisé et de ma solitude dans un pays où rien ne fonctionnait.

Je me ressaisis et attendis un bon quart d'heure que le filet noirâtre de la douche disparaisse au profit d'une eau tiédasse plus claire, maudissant pêle-mêle l'instinct qui m'avait dirigé dans la mauvaise direction, tous les vauriens de nazis et le chalumeau qui gravait en permanence les épitaphes de mes proches.

Dans un nuage de particules en suspension, un soleil de début d'après-midi filtrait au travers des persiennes. Mes tentatives pour joindre Ingrid et l'hôpital demeurèrent vaines. Le réceptionniste m'indiqua où trouver un lieu de culte. Une petite église paisible, en torchis, à l'abri de manguiers, à la pénombre fraîche et ouatée. Je me laissai envahir par la sérénité du lieu et restai deux bonnes heures à méditer. Dieu est un magicien qui rate ses trucs. Je priai qu'il réussisse celui-là.

Quand je ressortis, une chaleur moite me colla à la peau comme une camisole de force. Je repassai à l'hôtel prendre mes effets et demandai un véhicule pour l'aéroport. Cap sur Zanzibar.

Aucun responsable d'Air Tanzania n'était présent. Je questionnai un homme qui vaquait derrière un comptoir. D'un sourire désarmant, il m'informa que l'ensemble des vols était suspendu, faute d'approvisionnement en carburant. Alors que je l'interrogeais sur le temps que cela durerait, il répliqua que cela pouvait prendre des jours, voire des semaines. Je regagnai tête basse le Victoria hôtel et me couchai tôt.

Les deux jours m'avaient semblé deux années. Une impatience sourde me gagnait. Je me rendis de nouveau, par acquit de conscience, à l'aérogare et obtins la même réponse laconique. Ma décision fut prise. Il ne restait plus que la voiture pour m'extirper de ce bourbier. Un 4x4, vu l'état des routes, avec un chauffeur connaissant parfaitement la région. Au plus court, et après vérification sur la carte, il me fallait remonter vers le nord jusqu'à un village nommé Nyamuswa, traverser la réserve du Serengeti et rejoindre à Banagi, un autre bourg, la piste pour Ngorongoro. Contourner ensuite par le nord le Lac Manyara et atteindre Arusha, puis Moshi, au pied du Kilimandjaro. Ensuite, la connexion goudronnée Le Caire-Le Cap, avant de bifurquer à Korogwé, puis Dar Es Salaam. Trois cents kilomètres de pistes improbables que je ne me sentais pas le courage d'affronter seul, avant de retrouver du tarmac.

Le réceptionniste m'indiqua l'adresse d'un Indien, loueur de véhicules, non loin de là. Le business de cette partie du continent semblait être entre leurs mains. Au bout de quelques minutes, j'atteignis à pied une bâtisse blanche à vous arracher les yeux, baignée par des jacarandas, les murs rehaussés de tessons de bouteilles. Un Sikh, gras comme un moine, habillé d'une chemise kaki coloniale et d'un short qui faisait ressortir ses jambes boudinées, vint vers moi, le sourire avenant.

Le dénommé Farouk, coiffé d'un turban blanc qui recouvrait un cerveau compartimenté en deux hémisphères – d'un côté les profits, de l'autre les pertes – tendit une main adipeuse ornée de multiples bagues, puis me donna l'accolade comme si nous étions de vieux amis. Je recomptai mes doigts et orientai mon choix sur une vieille Land Rover châssis court, conduite à droite. Il me gratifia d'un verre de thé brûlant et la négociation commença. Finalement, la vue des dollars finit par le convaincre. Nous topâmes pour huit cents jusqu'à Dar Es Salaam, plus deux cents pour un chauffeur qui connaissait la brousse comme sa poche. Il s'engagea à me le fournir pour le lendemain.

Je me réfugiai dans l'illusion d'avoir gagné un temps précieux, puis pliai le contrat qui ne serait d'aucun recours sous de telles latitudes. Je le glissai au milieu de mon calepin, qui reposait dans la poche arrière de mon pantalon.

Autant avoir la fesse rembourrée pour ce long périple.

17

Peter Moyingi m'observait du coin de l'œil pendant qu'il maintenait tant bien que mal la Land Rover sur la piste détrempée. Un Swahili pure souche, habillé d'une tenue bleu gris de chauffeur. Difficile de lui donner un âge. L'envie de lui prendre le volant afin d'accélérer devait se faire sentir. Je me raisonnai, faute d'expérience sur ces routes sauvages.

Nous étions partis de Mwanza vers huit heures du matin. Farouk n'avait pas lésiné : quatre jerricans d'essence, deux roues de secours et autant de résilles métalliques pour nous désembourber.

Nous quittâmes rapidement les champs de maïs, de sorgho et de millet pour nous enfoncer dans le bush. D'après mes calculs, nous devions atteindre Arusha au milieu de l'après-midi. Je me retournais fréquemment pour voir si nous étions suivis, puis me raisonnai : dans un continent où tout s'achetait, le Mossad avait pu glisser sans problème une balise dans le véhicule.

Après avoir traversé un no man's land abiotique, fait d'une solitude jaune, plate et rocailleuse, nous arrivâmes vers dix heures devant d'immenses étendues de sisal. La savane reprit le dessus au moment où il se mit à pleuvoir. On n'y voyait pas à trois mètres. Impossible de détecter les profonds nids de poules que nous cognâmes violemment à plusieurs reprises.

La visibilité se fit meilleure au moment d'aborder la plaine immense du Serengeti, parsemée de rochers granitiques et d'acacias parasols. On s'arrêta pour refaire le plein avec les jerricans. Peter accéléra. Nous avions perdu du temps.

À Banagui, nous décidâmes de couper au plus court par le sud du lac Natron et éviter ainsi la ville de Serengeti. Je guettais fréquemment les humeurs du ciel. La Land chassait de plus en plus de l'arrière, créant des soubresauts qui me berçaient. Soudain, un bruit sourd se fit entendre. Le 4x4 continua sur son élan dans le hurlement d'une locomotive qui freine trop tard, puis stoppa net. Peter jura. Il tenta machinalement de réenclencher une vitesse et de redémarrer. Peine perdue.

Peter bondit dehors, de la boue jusqu'aux mollets. L'averse redoublait. Il finit par battre en retraite et se mettre à l'abri.

– Bwana, j'ai bien peur que le pont arrière soit cassé.

Je lui montrai le rictus d'un canard en rut épuisé d'avoir tournoyé autour d'un happeau et pris conscience de la situation. Nous étions au beau milieu de nulle part, en pleine savane, à des années lumières d'une trace civilisée. Il n'y avait rien à faire d'autre qu'attendre qu'un autre véhicule daigne se présenter. Marcher en pleine réserve était illusoire et dangereux. Je décidai de m'assoupir, crevé par la route et par ce nouvel aléa.

La pluie avait cessé quand j'ouvris l'œil. Pas de Peter. Des voix me parvenaient. De nombreux autochtones entouraient le véhicule et discutaient avec le chauffeur. Je pris alors la mesure de la brousse africaine : des paysages captivants de beauté désolée, au sein desquels grouillaient des villages peuplés, invisibles.

Peter entama de longs conciliabules en swahili, palabres sans fin, montrant ce qu'il convenait de faire, par des gestes vifs. Il vint à la fenêtre, un large sourire aux lèvres, pour me rassurer. Leur village n'était pas très loin et nous étions invités à y passer la nuit.

– Il y a un mécanicien ?

– Bwana, non. Inch Allah !

La nuit n'allait pas tarder. J'empoignai mon sac et nous nous engageâmes en cohorte dans la brousse. Au bout d'une paire d'heures, nous atteignîmes un village, en effervescence à notre approche. Peter discuta avec celui qui paraissait être le chef. Je distinguai vaguement les noms de femme *Muzungu* – femme blanche, docteur.

– Le chef dit qu'il y a un campement d'Occidentaux à deux kilomètres d'ici. Des médecins de brousse. Il demande si tu veux y aller.

Malgré la lampe torche du villageois qui m'accompagnait, je manquai de m'étaler à plusieurs reprises. Peter avait décidé de rester. Soudain, une lueur nous guida plus précisément. Un feu de camp éclairait cinq tentes, réparties au pied d'un baobab. De l'une d'elle, plus importante, filtrait une lumière de lampes à pétrole. Je passai la tête. Deux femmes blanches étaient en train de dîner. Je me raclai doucement la gorge.

– Hum, bonsoir.

Elles sursautèrent et me dévisagèrent. Je concentrai mon regard sur un visage de Madone, d'abord plus sympathique que l'autre.

– Navré de vous déranger. Je suis américain et je suis en panne.

– Entrez donc, et expliquez-nous ça.

Sa voix suave et avenante me réconforta.

– Voici Brenda, une amie. Je m'appelle Ruth. Je suis australienne. Vétérinaire dans les réserves animalières.

Je la détaillai mieux à la lumière. Dans les trente ans, un visage un peu masculin, des yeux marron, la chevelure brune et des dents parfaitement alignées, en tenue stricte lui donnant un air de dame patronnesse. Des rides soulignaient une mâchoire volontaire. Une blouse blanche courte dévoilait de longues jambes et des épaules musclées. Brenda me scrutait, sur ses gardes. Menue, les cheveux blonds courts, le visage constellé de taches de rousseur, en short et tee-shirt.

– Ruth… Appelez-moi Thel. Il faut absolument que je puisse faire réparer ma Land. Je dois repartir au plus vite. Savez-vous comment je peux faire ?

– Écoutez… Prenez place tout d'abord. Vous devez avoir faim. Il reste un peu de ragoût d'antilope.

Elle appela Samuel. Un colosse d'ébène, le crâne rasé, à l'âme de rossignol se présenta. Un sourire tel qu'on pouvait faire le décompte de ce qu'il lui restait en bouche. Brenda s'adressa à lui en swahili et il revint avec une assiette et des couverts. Je me jetai sur la nourriture.

– La chance est quand même avec vous, reprit-elle, car nous devions lever le campement demain. Les pluies diluviennes ont décalé notre départ. Qu'a votre Land exactement ?

– Le pont arrière est cassé. Mon chauffeur est resté au village voisin.

La moue qui traversa son visage montrait que je n'étais pas au bout de mes peines.

– Je ne vois pas bien comment vous aider. Peut-être qu'à Arusha ils pourront faire quelque chose.

– C'est à combien d'ici ?

– Une soixantaine de kilomètres. Mais il n'est pas dit que vous y trouverez des pièces de rechange. Il est tard de toute façon. Restez dormir. Vous prendrez la tente libre. On avisera demain matin.

L'étau ne se desserra pas tout à fait. L'état de santé de Carol et d'Ingrid m'importait aussi.

– Auriez-vous un téléphone ?

– Mon téléphone satellitaire ne passe pas souvent, avec les nombreux orages. Il faut se rendre sur une petite colline proche, et encore.

Les visages de Ruth et Brenda dansaient sous l'effet des lampes. Un léger vent balayait ma nuque. Derrière, à une dizaine de mètres, le clapotis d'une rivière remontait à mes oreilles.

– L'Obawa. Elle se jette dans le lac Natron, précisa Ruth, attentive à mes faits et gestes. Si vous n'êtes pas trop fatigué, vous rencontrerez bientôt notre ami Léo.

Je terminai le ragoût, arrosé de thé chaud et posai un flot de questions qui me brûlaient les lèvres.

Ruth Thornburn était originaire de Perth, en Australie. Passionnée d'animaux, elle avait fait des études de vétérinaire. S'il y avait de quoi s'occuper dans le bush australien, son vieux rêve avait toujours été de venir soigner les prédateurs africains. Elle avait répondu à un concours annonce de la célèbre primatologue Jane Goodall, en quête d'un assistant. Élue, elle avait travaillé deux ans à ses côtés au Rwanda, au Kenya et en Tanzanie. L'estimant au moins à son niveau, Goodall l'avait introduite auprès de différentes officines gouvernementales locales et internationales. Deux grands fléaux menaçaient les félins : le braconnage, tant ils créaient de réels problèmes aux troupeaux des tribus Masaï, et les safaris privés intempestifs de richissimes chasseurs de tout continent, alléchés par les trophées. Elle obtint une bourse, financée par le *World Wildlife Fund* et par le ministère du Tourisme tanzanien. Insuffisante, au point qu'elle y allait de sa poche.

– Vous comprenez, plus de félins, plus de touristes, donc plus de devises. Ma vie se résume à quémander des crédits au ministère.

– Depuis combien de temps, êtes-vous là ?

– Cinq ans, maintenant, que je sillonne le pays, à récupérer les blessés. Je connais la Tanzanie comme ma poche. Si vous êtes en forme, je vous présenterai mon animalerie demain. Tenez… voilà Léo !

Ruth pointa son bras en direction de la rivière. En guise du bellâtre italien que je m'attendais à voir, éclairé fugitivement par les flammes du feu, un magnifique léopard se présenta.

Ruth se leva et se dirigea vers lui. Il se mit à bondir sur les rochers et franchit le cours d'eau. Elle susurra des mots et tendit la main. L'animal approcha prudemment la tête, puis se laissa faire. Elle tâta la patte arrière gauche. Satisfaite, elle lui redonna une caresse et revint vers nous, à reculons. L'animal hésita, puis bondit avec une célérité foudroyante dans la nuit. Je demeurai interloqué.

– Un piège lui a sectionné le tendon extenseur et des muscles, précisa-t-elle en revenant. Je l'ai aperçu un jour aux jumelles. On l'a coursé et endormi d'une balle anesthésiante. Il a été rapatrié ici et je l'ai opéré. Il a passé quatre semaines avec nous, puis on l'a relâché. Depuis, il revient tous les soirs.

Je m'endormis profondément. Peter vint me voir aux aurores. Ruth vaquait à des ablutions, cachée derrière un rideau de pagnes. Une outre actionnée par une corde faisait office de douche. J'accrochai du regard deux Land Rover siglée WWF. Ruth nous rejoignit et tendit une main encore humide. Magnifique précipité de charme. Elle échangea quelques mots en swahili avec Peter, puis se tourna vers moi.

– J'ai prévenu Samuel. Il va aller à Arusha avec votre chauffeur, voir s'ils peuvent trouver un pont et un mécanicien. Ça peut prendre quelques jours.

Inespéré. Je sortis de ma poche une liasse de dollars que je confiai à Peter.

– Faites le maximum, Peter. Quoi qu'il en coûte. Si vous trouvez un mécano, retournez directement au village pour qu'il commence tout de suite les réparations. Et qu'il vérifie si la rupture de la colonne de direction était bien le fait d'un incident mécanique, et non pas d'un sabotage.

Les deux jours de repos forcé qui suivirent m'apportèrent un sentiment de plénitude et de bonheur mêlés que je n'effleurai que du bout des doigts, tant l'impatience de repartir me chevillait le corps. Ruth me manifestait une grande tendresse, ouvrant les clés de son paradis. La ferme animalière se situait à quelques lieues du camp. De grandes cages de bois et d'épineux abritaient les félins en convalescence : six lionceaux dont la mère avait été tuée, afin de les soustraire à des attaques d'hyènes, un guépard se remettant d'une blessure par balle qui lui avait perforé un poumon, quatre léopards en attente de sevrage. Une arche de Noé, ancrée dans la dure réalité de la survie en brousse. Le seul bémol concernait Brenda, que notre proximité semblait rendre jalouse.

J'en profitai pour escalader un aplomb et finis par obtenir une liaison satellite. La priorité était l'état de Carol. Elle était sortie de son coma et son médecin m'assura d'un léger mieux. Il allait l'opérer. Je raccrochai et jetai un coup d'œil sur la piste. Aucune Land à l'horizon. Perplexe, je regagnai le camp.

Le deuxième soir, alors que nous étions attablés, un moteur se fit soudain entendre. Samuel apportait de bonnes nouvelles. Un mécano s'affairait depuis deux heures déjà sur le châssis. Muni d'un poste à souder, il assurait que le véhicule serait prêt dans vingt-quatre heures. Quant à la possibilité d'un sabotage, il n'avait pu se prononcer.

Peu après que je me fus couché, apaisé, des bruissements se firent entendre. Sorte de feulements. Je crus à un animal sauvage en pareille heure. Je tendis alors l'oreille. Des halètements et des râles de plaisirs, susurrés.

Je sortis du lit et enfilai un short et un tee-shirt. Une nuit d'encre m'enveloppa. Personne aux alentours. Mon regard scruta la tente de Ruth et Brenda. Deux ombres s'enlaçaient, démesurément agrandies sur les parois de toiles par l'effet d'une lampe à pétrole, comme ces théâtres d'ombres indonésiens. J'approchai tout doucement, de plus en plus voyeur. La voix de Ruth excitait son partenaire par des ordres salaces. Sa silhouette s'allongea, et je devinai ses jambes en train de s'ouvrir, tandis que l'autre plongeait la tête.

– Entre, Thel ! Nous t'attendions.

Je sursautai. Mon cœur battait la chamade. Hésitant, je soulevai la fermeture éclair de l'entrée. Au travers de la moustiquaire qui coiffait leur grand lit, Brenda, croupe offerte, entre les cuisses de Ruth, défiant mon regard.

– Entre, dit-elle sur un ton suppliant.

L'excitation à son comble, j'avançai. Brenda s'activait toujours. J'écartai la gaze blanche. Ruth défit mon short et saisit délicatement mon membre roide, tandis que je me déshabillai à la hâte. En plein bonheur, je lui prodiguai à mon tour du plaisir. Repoussant Brenda, Ruth me demanda de lui faire l'amour. Sa peau veloutée contrastait avec la dureté de ses terminaisons sensibles. Il me fut impossible de me retenir bien longtemps. Toujours enfoui en elle, je savourai l'instant, puis ondulai de nouveau dans son antre intime. Brenda nous encourageait de caresses précises. Je fis l'amour aux deux, alternativement. Parfois avec une violence animale. Repu de plaisir, trempé de sueur et épuisé, je m'allongeai, les flancs et les côtes encore brûlants, la gorge sèche. Brenda se leva et quitta le lit.

– J'en avais envie dès le premier jour. Tu comptes partir quand ?

– Après-demain. La Land devrait être prête. Et Brenda ?

– Ne t'occupe pas d'elle. Elle est un peu jalouse, mais ça passera.

Pour la première fois, Ruth me questionna sur ma vie affective. Elle eut droit à un résumé succinct de mes années d'errance. Une question lui brûlait les lèvres.

– Et… Carol… ?

Je souris, de la tendresse dans le regard.

– Elle est comme ma fille. Je vais te raconter pourquoi je suis venu en Tanzanie.

Tandis qu'elle nous servait deux verres de cognac, je lui détaillai l'histoire, depuis son origine. Elle sembla désarçonnée.

– Si j'avais de l'or, Thel, j'investirais dans une clinique vétérinaire pour venir en aide à tous ces animaux maltraités. Comme ce vieux prêtre allemand, du côté de Bagamoyo.

Au nord de Dar Es Salaam, sur la côte.

– Un père blanc ?

– En quelque sorte. Je l'ai rencontré à plusieurs reprises. Lui a justement accompli ce dont je rêve : une mission modèle, sur plusieurs bâtiments, avec dispensaire, hôpital, équipements modernes. Il a embauché beaucoup de médecins qui soignent la population locale.

La goulée d'alcool passa de travers. Je la questionnai sur son âge.

– Schütz ? Dans les quatre-vingt-dix ans. Mais il a encore une sacrée santé !

Brenda fit une apparition. J'avais plus que largement empiété sur leur intimité. Je regagnai ma tente. Voluptueusement installé sur le lit, j'attendis un sommeil qui ne vint pas.

18

Le camp était encore endormi lorsque je me dirigeai vers la colline voisine, afin de capter le passage du satellite. Deux heures de marche dans une lueur naissante. Face à moi, le lever du soleil. J'avais l'impression d'assister à la naissance du monde, sur fond de ciel diaphane. Un voile laiteux nappait la savane. Au loin, les pulsations paresseuses des flamants nains, disposés en perles nacrées sur le miroir du lac Natron. Vision apaisante, qui aurait dû m'emplir de joie. Mais l'inaction me rongeait. Les dissonances architecturales de Manhattan me manquaient et, avec, son lot de saccades d'ombre et de lumière, de stress et de hurlements de sirènes.

Liaison établie, Ingrid était sur messagerie, ce qui aiguisa mon inquiétude. Près de quinze jours sans nouvelles. Était-elle encore en vie ? La conversation avec le docteur de Hambourg s'avéra rassurante. L'opération s'était bien déroulée. Regonflé par cette nouvelle, j'accélérai le pas, fusil en bandoulière, et m'apprêtai à annoncer la bonne nouvelle au camp.

Alors que j'approchais, une atmosphère déroutante me mit sur mes gardes. Quelque chose clochait. J'avançai prudemment, l'arme à la main. Pas âme qui vive. Le 4x4 de Ruth n'était plus en vue. Je crus d'abord qu'elle l'avait utilisé pour une mission, puis échafaudai un autre scénario : le Mossad. Mon sang se glaça. Je redoublai de prudence.

Soudain, Samuel surgit d'un fourré, rassurant, mais le ton grave. La tension retomba d'un cran. Il me tendit une enveloppe. J'essuyai les rigoles de sueur sur les sourcils, posai le fusil et m'assis au pied du baobab. Mes mains fébriles ouvrirent le pli.

« Thel,

Nous sommes parties ce matin après ton départ, pour un autre campement.

Ne cherche pas à nous rejoindre.

J'ai senti hier le félin qui est en toi, et ta quête, inlassable, existentielle. Tant que tu n'auras pas trouvé…

Tu m'as fait passer une nuit inoubliable.

Je t'embrasse tendrement.

Ruth.

PS : Laisse le téléphone satellitaire à Samuel et… salue le Père de ma part ! »

La gorge sèche, je repliai la lettre. Un sentiment de solitude m'envahit. Je maudis mon éternelle posture de Juif errant, sans halte ni repos, sur la route brûlante avec seulement une gorgée d'eau prise au passage, avant de reprendre sa course dans la poussière. Jambes flageolantes, je passai la tête dans leur tente. Leurs effets personnels avaient disparu.

À ma demande, Samuel partit chercher Peter. Une heure plus tard, je glissai quelques billets à l'aide de camp et nous démarrâmes, après avoir vérifié vainement la présence d'une balise qui indiquerait mes déplacements. Nous fîmes un crochet par le village. Peter traduisit mes remerciements au mécano. Je lui laissai aussi quelques centaines de dollars et lui proposai de le déposer à Arusha, sur notre route.

La Land avalait la piste asséchée. Le type avait fait un sacré boulot. Je ne demandai pas comment. L'Afrique vivait apparemment de ces tours de passe-passe qu'on appelait « la démerde ».

Le Kilimandjaro apparut, dans toute sa splendeur. Au nord d'Arusha, nous atteignîmes la partie goudronnée, en piteux état. Impossible d'atteindre une vitesse de croisière, tant les nids de poules étaient fréquents. Nous traversâmes de nombreux villages. Les enfants jouaient sur des terrains de foot improvisés, des boules de chiffon en guise de ballon. Des grappes de stands pour touristes exhibaient l'artisanat local : sculptures en pierre à savon, statues et masques, animaux en bois, batiks...

Nous nous arrêtâmes à Moshi pour faire le plein et déjeuner d'un maigre poulet en sauce. Pendant le trajet, j'ai élaboré une vision globale de ce qu'il convenait de faire. Avant de me rendre à la mission du Père, il y avait un ou deux points à vérifier.

Après cinq heures épuisantes de tape-cul, nous aperçûmes les premières maisons blanches de Dar Es Salaam. Une fois en ville, nous recherchâmes l'adresse du consulat allemand. En toute logique, il devait être possible d'y obtenir des informations sur leurs ressortissants. Après avoir demandé plusieurs fois notre chemin, Peter me déposa devant une agréable villa baignée de bougainvilliers, le blason allemand bien en évidence.

Les lieux ne donnaient pas l'impression d'être saisis d'une activité débordante. Je me présentai comme responsable des investissements caritatifs d'un fonds de pension américain, associé à la Deutsche Bank. Surprise en plein mots croisés, la secrétaire tenta de joindre le vice-consul qui, finalement, accéda à ma demande de rendez-vous.

Il me reçut dans un vaste bureau colonial. Un ventilateur brassait l'air humide. Petit, la quarantaine, les yeux vifs, en costume de lin, il maîtrisait un anglais parfait. J'avais mis au point une histoire vraisemblable sur le fait que, sillonnant l'Afrique de l'Est, je n'étais que de passage et n'avais pas eu le temps de le prévenir.

– Monsieur le vice-consul, navré de vous déranger. Pourriez-vous m'éclairer sur les différents financements de votre pays en Tanzanie ?

– Nous les aidons dans le tourisme, la construction d'infrastructures, la médecine. Tout se discute en Allemagne, mais aussi beaucoup à Bruxelles. Dans quoi votre fonds souhaiterait-il investir ?

– Dans une mission. Connaissez-vous celle du Père qui se trouve à Bagamoyo ?

– Bien sûr. La mission du Père Schütz. Un compatriote.

– Êtes-vous intervenu d'une manière ou d'une autre dans son financement ?

– Absolument pas. C'est d'ordre privé. Comme beaucoup d'autres initiatives du reste. Heureusement qu'il y a quelques bonnes âmes comme ceux que vous représentez qui investissent leurs fonds. Elles se débrouillent directement avec les autorités locales pour obtenir les permis nécessaires. Mais pour revenir à Schütz, je ne connais pas trop l'histoire. Il était déjà là bien avant que je n'arrive. Il est assez discret. Il s'occupe exclusivement de son hôpital et de sa paroisse. Il décline les cocktails et les réceptions qu'organise l'ambassade. Il faut dire qu'il est très âgé.

Je pris poliment congé après quelques banalités. Bien que fourbus après ces innombrables kilomètres, nous ressortîmes de Dar Es Salaam, en direction de sa banlieue et trouvâmes tant bien que mal le Diocèse de Manzese. Je me présentai à un groupe de prêtres noirs en pleine discussion. Le plus âgé d'entre eux affirma connaître le Père depuis plus de trente ans. Ils avaient travaillé ensemble à maintes reprises et il vanta son abnégation en faveur de la foi.

Peter me déposa ensuite à l'hôtel Sea Cliff, que j'avais occupé la première nuit. Je lui glissai quelques billets pour qu'il trouve à se loger et lui fixai rendez-vous pour le lendemain matin, à huit heures. Farouk eu droit à un télex qui signalait – moyennant une rallonge de deux cents dollars – que je souhaitais garder son chauffeur et la Land quelques jours de plus.

Revenu dans ma chambre, je laissai un long message sur le répondeur d'Ingrid Schwarzbrod, avant de contacter Hambourg.

Je m'affalai sur le lit, soulagé d'avoir pu, grâce au docteur qui lui tenait le combiné, susurrer quelques mots à l'oreille de Carol.

Le soleil écrasait tout sur son passage, tordant les êtres humains à pied et à vélo comme des métaux. L'ombre était une denrée rare. Nous avalions à vitesse réduite les soixante-dix kilomètres qui nous séparaient de Bagamoyo, plus ancienne ville tanzanienne, située face à Zanzibar, qui avait pris son essor du temps du trafic d'esclaves vers l'Orient. De belles percées vers l'océan rappelaient que nous suivions la côte.

La rue principale, sablonneuse, bordée de maisons blanchâtres, se présenta. Au ralenti, nous évitâmes les piétons et les charrettes. Le temps semblait s'être arrêté dans ce village de pêcheurs. Les ravines de l'histoire, figées, sculptaient en arabesques les portes monumentales, serties de gros clous de cuivre, tradition censée éviter la charge des éléphants.

Deux faits historiques du début du xxe avaient retenu mon attention : des Musulmans avaient offert de la terre à des Pères catholiques pour établir une mission au nord de la ville, et Bagamoyo était le quartier général allemand pendant la Première Guerre mondiale. Trente ans avant les faits qui me concernaient, mais cela revêtait de l'importance à mes yeux.

On nous indiqua une chambre d'hôtes, près de la mer, turquoise en cette fin de matinée. Une plage magnifique de sable blanc s'offrit en perspective, baignée de palmiers. Des dhows arrivaient, voiles épuisées par les alizés, chargés de clous de girofles, les cales pleines à ras bord de poisson et de bois de mangrove. Les hommes se jetaient à l'eau, se préparant au rituel des prises de pêches fièrement exhibées. Habillées de saris soyeux et de kangas bariolés, les femmes nageaient vers eux.

Chez Michel était une *rest house* confortable, sans prétention, au toit recouvert de feuilles de palmier. Les chambres, simples et claires, s'ouvraient sur l'océan. Peter s'absenta pour retrouver de lointains cousins. Je tablai sur deux jours de présence, histoire de me familiariser avec les environs, avant d'intervenir.

Michel Moscardini, le patron, le teint hâlé des gens qui passent leur vie au soleil, la cinquantaine bien tassée, annonça dans une faconde toute méditerranéenne que je tombais bien. Un arrivage de langoustes, délaissées par une population à laquelle l'islam interdisait la consommation de crustacés, constituait le menu du déjeuner.

Il avait envie de s'épancher. Par affabilité, mais aussi parce que les touristes se faisaient rares. Et puis, le *fit* était passé entre nous. Un bourlingueur corse, à la noblesse de cœur, ayant traîné ses guêtres sur tous les continents. On se comprenait, malgré son langage fleuri. Un chic type, ouvert, une âme d'enfant chevillée au fond de ses pupilles azur. Il était venu jusqu'ici vingt ans plus tôt, plus par hasard qu'autre chose, et avait décidé qu'il ne quitterait plus l'endroit. Posant ses valises dans cette maison de pêcheur, il l'avait transformée en chambres d'hôtes, à la grande joie de son compte en banque. Du reste, j'accédai à sa demande de le régler en dollars.

– Dis-moi, Michel, que sais-tu sur le Père Schütz ?

– Tu l'connais ?

– Pas précisément.

– Un chouette gars. Toujours à s'trimbaler, malgré son âge canonique. En v'là un qui s'décarcasse pour la populace. Il lui faut maintenant un chauffeur pour l'cornaquer, mais quelle énergie ! Faut qu'tu visites sa mission. Un modèle du genre. Là, à la sortie d'la ville. Il emploie un paquet de toubibs africains. C'tait une mission qui existait déjà, il y a plus d'un siècle. Il l'a reprise et modernisée, j'crois qu'c'était… une cinquantaine d'piges avant. Enfin, c'est c'qu'on dit. T'sais, ici, la tradition orale, c'est un truc fondamental. Tout s'transmet ainsi entre générations.

– C'était déjà moderne quand tu es arrivé ?

– Ouaip. Mais il commande souvent des équipements. C'est là que j'vais m'faire soigner, avec l'ensemble des habitants du coin. Les gens viennent même de très loin. Tous les soins sont offerts. Mate un peu.

Il glissa deux doigts au fond de sa bouche, dévoilant deux molaires en or.

– Il est là tout le temps ?

– J'sais pas s'il y est en c'moment. J'vais me renseigner.

Je marchais depuis quinze minutes, saisi par la mélancolie qui suintait des façades emplies d'âmes, fusion des cultures africaine, arabe, indienne et européenne. Un village fantôme dans lequel le vent de la mer se faufilait en douceur.

Au fond d'une venelle noirâtre, resplendissante de balcons et de moucharabiehs ouvragés, je découvris un cimetière abandonné. Des tombes de soldats allemands de la Première Guerre, couvertes de sable, reposaient anonymement à l'ombre des palmiers. À maudire tous les politiciens et les galonnés qui envoyaient nos jeunes à la boucherie.

La mission se présenta au détour d'un palais en ruine. Une allée principale, presque triomphale, bordée de cocotiers, reliait la mission à la mer. J'avançai vers l'accueil et demandai sur un ton affable s'il était possible de la visiter. Un jeune prêtre tanzanien, timide, me fit parcourir le tour du propriétaire.

La mission comportait une église imposante, la résidence des missionnaires, l'hôpital catholique, une grande école primaire, un centre culturel et artistique. Rectangulaires et ordonnés les uns par rapport aux autres, les murs en chaux blanche attestaient d'une occupation rationnelle du terrain. Un bâtiment à l'écart jouxtait deux maisons coloniales.

– C'est l'école pour les enfants sourds.

Il détailla les autres urgences qui se présentaient : sida, famine, jeunes livrés à eux-mêmes, pauvres et malades.

– Là, cette villa est le domicile du Père Schütz, dit John qui avait fini par décliner son identité.

Une demeure blanche, baignée de bougainvilliers, rehaussée d'une antenne parabolique. Derrière un claustra, une forme humaine semblait nous observer.

– Et celle-ci ?

Je désignai la villa attenante.

– Un autre père blanc y habitait. Mais il est mort il y a longtemps. Je ne l'ai pas connu.

John montra du doigt des maisonnettes qui abritaient les docteurs, la plupart d'origine tanzanienne, puis m'entraîna vers le jardin potager. À l'entendre, le premier rôle du Père, qui se fit à la fois constructeur, ingénieur, assistant médical, ethnologue, linguiste, explorateur selon ses possibilités et les circonstances, était jardinier et botaniste.

Nous nous dirigeâmes vers un muret crépi. Derrière, des pierres tombales alignées surmontées de croix blanche.

– Voici le cimetière réservé aux Pères Blancs.

Une voix ferme et lointaine stoppa John dans son élan.

– Le Père m'appelle. Il faut que j'aille le voir.

– Il est là ?

– Oui, il est revenu avant-hier soir.

– Sa santé est bonne, malgré son âge ?

– C'est une force de la nature, grâce à Dieu. Mais il est très âgé. Il a déjà fait des attaques, heureusement sans gravité. Nous prions pour lui.

Je regagnai la *rest house* par la plage, longeant les barques de pêcheurs et les pirogues, rangées sur le sable. Michel m'attendait, le regard sombre. Il demanda à me parler à l'écart de son personnel.

– Dis-moi franco, Thel, t'es une barbouze, ou quoi ?

Je tressaillis.

– Pourquoi tu dis ça ?

Il sembla chercher ses mots.

– Tout s'sait ici. Figure-toi qu'un couple est arrivé en loucedé en début d'aprèm dans une *rest house*, à trois bornes d'ici. Ils ont posé pas mal d'questions sur l'Père Schütz.

Je ne laissai rien paraître de mon inquiétude.

– Coïncidence ! Les touristes ont le droit de se renseigner.

Il me défia de son regard bleu, un rictus complice, puis conclut.

– Enfin, j'tenais à t'prévenir. Bizarres ces gus : vu qu'la femme d'ménage, qu'est aussi la mienne, a aperçu un flingue sous la chemise du mec. Alors, déjà qui sont deux, j'me suis dit qu'si t'avais pas envie d'ressembler à un fromage suisse à Ok Corral, c'serait p'têt bien qu't'y ailles pas à poil, rétorqua-t-il en me tendant un chiffon lourd.

– Mais…

– Laisse tomber. C'est à la « Corse ». J'ai envie d'te faire conf'.

Inutile de demander l'identité du couple. J'ironisai en espérant que Dafna Ergon, avec le teint qui était le sien, avait pensé à prendre de la crème solaire.

Des sangsues. J'avais servi de lièvre. Je les imaginai monnayer les renseignements auprès de Farouk, du responsable du bureau minier de Mwanza et du diocèse, pour arriver à la même conclusion : le Père Schütz correspondait en tout point à Schwarzbrod. Vu leurs méthodes expéditives, les événements n'allaient pas traîner. Mon emploi du temps s'accélérait. Seule solution, les prendre de vitesse. Une visite surprise à Schütz, chez lui, en fin de soirée, s'imposait.

Ingrid était toujours sur messagerie. À quoi jouait-elle ?

19

L'OCÉAN REFLÉTAIT UN CIEL BRILLANT de mille feux. Pas étonnant que les Arabes aient inventé la navigation aux étoiles.

Vingt-trois heures. Je chaussai des baskets, enfilai un tee-shirt sombre et glissai le pistolet dans mon jean. Le brillant du nickel était masqué par du sparadrap noir fourni par Michel. La *rest house* était plongée dans la torpeur. J'expédiai ma cigarette d'une chiquenaude et gagnai les palmiers de la plage. Puis, je décidai de les longer jusqu'à la mission, profitant de l'obscurité protectrice de la nuit. L'air était lourd et étouffant, une atmosphère d'étuve, que les vents du large ne pouvaient balayer.

J'avançais prudemment, en scrutant les alentours. La chaleur de l'air aiguisait mes sens, ou, au moins, m'en donnait l'illusion. Mes yeux s'habituèrent à l'environnement.

Un calme relatif baignait Bagamoyo, entaché de quelques bribes de discussions en dialecte local sur les pas-de-porte, que le vent emportait. Je repérai le baobab à la sortie de la ville et redoublai de vigilance. La mission se trouvait désormais sur la gauche, endormie.

Mon cœur battait au rythme du ressac. Courbé, je me faufilai dans le potager. Une dizaine de mètres me séparaient de la villa du Père Schütz, plongée dans l'obscurité. Je grimaçai. Il dormait déjà.

Je restai là un bon moment, hésitant sur la conduite à tenir. Soudain, un faisceau lumineux balaya l'intérieur. Intrigué, j'approchai à pas de loup, puis me planquai derrière un bananier. Ma poitrine tambourinait. L'éclairage provenait d'une lampe torche, fixant un endroit à mi-hauteur. Derrière elle, une ombre.

Encore trop loin pour comprendre les chuchotements qui filtraient par une fenêtre, je rampai jusque-là. J'empoignai le pistolet et avançai, centimètre par centimètre. Parvenu au pied du mur, je me redressai lentement, tâchant de ne faire craquer aucune articulation.

Dos en sueur contre la façade, immobile, je tendis l'oreille vers l'ouverture sur ma gauche. Dafna Ergon. Ma mémoire musicale ne me trompait pas. Elle invectivait quelqu'un à voix basse.

– ...pas l'idiot. Tu es un ancien nazi ! Allez Schwarzbrod, dis-nous où est l'or !

Un coup mat troubla le silence. Pour toute réponse, un gémissement de souffrance. J'évaluai la position des trois.

– Yoni va te cogner jusqu'à ce que tu crèves, ordure ! Alors, parle ! Tu préfères une balle de silencieux dans le genou ? Yoni, vas-y ! Tire-lui une balle, qu'il comprenne !

Le Père était au centre. Face à lui, Yoni. Sur sa gauche, Dafna. Je bandai les muscles et inspirai profondément. Arme au poing, je surgis et brisai la fenêtre. Mû par un réflexe foudroyant, Yoni pivota avec son silencieux. Nos balles se croisèrent. La sienne frôla mon épaule gauche. Tandis qu'il s'effondrait, je mis Dafna en joue. Le tout n'avait pas excédé une poignée de secondes.

– Ne bouge pas Dafna ! Surtout, ne bouge pas !

J'enjambai la fenêtre, l'arme menaçante. Mes doigts trouvèrent l'interrupteur. Yoni gisait dos à terre, immobile, sur un tapis, l'air étonné. La balle s'était fichée au niveau du sternum. Je palpai son pouls. Il avait eu son compte. Je ramassai le Beretta, dont je vidai le chargeur, sans quitter Dafna des yeux. Un rictus de haine balafrait son visage. D'autorité, je confisquai sa lampe torche et la fouillai rapidement. Son couteau de combat finit dans ma ceinture.

– Recule, maintenant. Allez, recule ! Mets-toi à genoux !

Elle s'exécuta. Schwarzbrod, ligoté sur une chaise, écarquillait les yeux, le visage tuméfié. Les marques des coups sur la peau parcheminée se confondaient avec ses taches de vieillesse. Il saignait abondamment du nez et gémissait. Je jetai un œil à l'extérieur. Des lumières alentour s'allumaient. Le bruit des coups de feu avait dû s'entendre à des kilomètres.

Il fallait faire vite. Je braquai Dafna et hésitai à appuyer sur la détente. Elle m'invectiva :

– Salopard ! Tu viens de tuer celui qui a sauvé ta coéquipière !

Je reculai, estomaqué.

– Ce… C'est Yoni qui a sauvé Carol ? !

Alors, une pièce du puzzle se mit en place, dévoilant un dessin macabre qui serait tatoué à jamais sur mon âme, au fur et à mesure que je résumais les faits à voix haute.

– En dévalisant mon bureau, vous avez eu vent de son voyage en Allemagne. Il vous manquait des informations. Vous avez jugé Carol moins expérimentée que moi, et vous avez décidé de la suivre. C'est ça, hein ? Yoni s'en chargeait tandis que toi tu restais accrochée à mes basques. Ne sachant pas où vous mènerait son enquête, vous aviez tout intérêt à ce qu'elle reste en vie. Yoni l'a sauvée.

– Il était entraîné pour ça. Des années de réflexes ont fait le reste. Il m'a dit ne pas avoir hésité un seul instant, malgré le risque d'être découvert. Et tu viens de le buter !

– C'était de la légitime défense, criai-je à voix haute, plus pour m'en persuader. Allez, relève-toi, Dafna. Prend le flingue de Yoni et barre-toi avant que les autorités se pointent. Nous sommes quittes. De toute manière, il n'y a plus rien ici. Schwarzbrod a investi tout son or dans la mission. Tu trouveras peut-être encore quelques kilos pour les couronnes dentaires, mais c'est tout. Allez, tire-toi ! Yoni aura une sépulture décente.

Je lui tendis l'arme. Elle sembla sur le point de lancer une remarque acerbe, mais se ravisa.

– Pour qui travailles-tu, Thel ?

– Une organisation puissante, moi aussi. Allez, va-t'en !

Elle tourna les talons et s'enfuit. J'approchai de Schwarzbrod, toujours sonné. Tête baissée, il soufflait comme un phoque. Hébété, paralysé, il n'était plus capable d'émettre la moindre objection. Je me penchai à son oreille.

– Henry, voilà ce que vous allez dire à la police.

Michel, intrigué par le coup de feu, arriva en même temps que la fourmilière de badauds et vint à ma rencontre. Discrètement, je lui confiai la tâche de se rendre à la *rest house* occupée par Dafna, afin que le propriétaire témoigne que seul Yoni occupait les lieux. Il s'exécuta sans poser de questions.

Détaché de Dar Es Salaam, un policier arriva trois heures après les faits. Tout se déroula comme prévu. Pas une anicroche. Jeune et appliqué, il nota la version que nous avions mise au point : le Père et moi étions amis de longue date. Nous prenions tranquillement un pot, lorsqu'un touriste drogué nous menaça de son arme pour avoir accès à la pharmacie. Une bagarre avait suivi. La chance m'a permis d'éviter son coup de feu, puis de retourner l'arme contre lui et, tandis que nous luttions, le coup était parti. Légitime défense. Le Père se portait garant pour moi, ce qui valait tous les sésames. L'officier prit congé de nous et confisqua le revolver pour analyse. Porté par le personnel de la mission, le corps de Yoni, emballé dans un drap, fut chargé dans sa voiture.

Le chant d'un coq se perdit dans les lueurs d'une incandescence matinale naissante. Je pris une longue douche régénératrice, sans pouvoir effacer le goût de cendres dans ma bouche. Des tremblements de peur rétrospective me parcouraient. Michel me servit un double scotch que je bus sans hésitation.

Schütz-Schwarzbrod reposait sur un lit. Un solide gaillard, malgré ses quatre-vingt-onze ans. Sorte de monolithe grec, toujours debout au milieu des cendres d'une vie qui l'érodaient quotidiennement. Il s'en sortait avec de multiples contusions à la tête et le nez cassé. Une fente traversait son visage bandé jusqu'à la lèvre supérieure et laissait filtrer le regard d'un homme habité d'ambitions seulement intérieures. Le débardeur gris masquait difficilement un épais torse couvert de poils blancs. Des rides profondes fripaient sa peau cireuse. Ses chairs flasques pendaient sur les os de ses bras et de ses jambes. Dans ses mains aux ongles jaunis, une bible et un chapelet qu'il maintenait contre lui. Deux prêtres priaient à ses côtés.

Il tenta de se redresser, aidé des deux disciples qu'il congédia d'un petit geste vague. Je m'assis près de lui. Au plafond, les pales d'un ventilateur tranchaient l'air aussi épais que mes interrogations. Nous nous jaugeâmes du regard, une paire de minutes. Il brisa le silence d'une voix éraillée :

– Qui étaient ces fous dangereux ?

– Le Mossad.

Il digéra l'information. Sa respiration était lourde et difficile.

– Comment m'avez-vous trouvé ?

– Il faudrait du temps pour vous l'expliquer.

– Peu importe. Vous m'avez sauvé la vie. Dieu ne l'oubliera pas, précisa-t-il, d'un ton las.

J'eus l'impression d'avoir transpercé l'armure discrète qu'il revêtait chaque jour.

– Sans blasphémer, je préférerais grandement que vous ne l'oubliiez jamais. Je viens de très loin. Très, très loin. C'est votre fille, Ingrid, qui m'envoie.

Le bas de son visage dessina une moue étonnée. Il posa une main décharnée et recouverte de veines violacées, à plat sur la bible.

– Vous faites erreur. Je n'ai pas de fille !

Je maugréai, déçu du peu de reconnaissance.

– Je vous dis la vérité.

Excédé et n'ayant pas l'âme d'un tortionnaire, je me levai et m'apprêtai à quitter la pièce. Alors, à la manière d'un chat qui rentre ses griffes, il clama d'une voix qui alla crescendo.

– Je ne suis pas Henry Schwarzbrod… Il était mon Oreille d'or. Je suis Alexander Möhlmann, commandant du sous-marin U-182. Pour vous servir !

Je me retournai, dubitatif. Paume épaisse ouverte, tremblante, sa main tendue touchait son crâne, en un salut militaire. Il observa ma surprise du coin de l'œil.

Puis il se fendit d'un sourire radieux, délesté de plus de cinquante années de silence.

20

LE *DHOW* TANGUAIT. En recherche de portance, la voile claquait comme un fouet. Le pêcheur trouva finalement une allure et le bateau se mit à accélérer en direction de l'île de Zanzibar. Des vagues de beau temps se répandaient sur une surface sans limite.

Le Père Schütz / Möhlmann et moi étions assis à l'arrière, sous une étole trouée de toutes parts. Il n'eut pas à insister pour nous conduire sur l'île où, selon lui, je comprendrais un pan de l'histoire. Il m'importait de l'appréhender au plus vite.

Il était mal en point. Visage tuméfié, l'attelle qui lui maintenait le nez laissait un fragment de chair nue qui supportait ses binocles. Des sparadraps remplaçaient son bandage. Habillé d'un short et d'une chemise de jean, il était coiffé d'un panama blanc qui le protégeait du soleil matinal, déjà incisif.

Il m'était difficile de comprendre pourquoi je n'avais pas ressenti l'envie de lui fracasser moi-même le crâne. L'homme était à bout de forces, la tête déjà dans le tunnel qui le conduirait vers la lumière éternelle. Mais plus probablement à cause des notes de Carol, qui m'avaient convaincu qu'en 1943 ces jeunes gars ignoraient pour la plupart les horreurs des camps. Des combattants, voilà tout, livrés à eux-mêmes, vivant dans des conditions abominables, comme des rats, dans des cercueils aquatiques. Du reste, j'avais lu que Dönitz lui-même fut déchargé d'une partie de ses exactions par l'Amiral Nimitz, qui avoua au procès de Nuremberg avoir agi de même.

La côte s'éloignait. J'imaginai tous les jeunes Noirs qui avaient emprunté ce chemin, avant d'être vendus à Zanzibar. Bois d'ébène et ivoire. Rien n'avait vraiment changé sur l'échiquier des inégalités. On était toujours l'esclave de quelqu'un. Je chassai de mon esprit le visage mort de Yoni. Mölhmann leva les yeux et scruta péniblement l'horizon.

– Vous voyez la pointe là-bas ? Une partie de l'équipage y est enterrée, précisa-t-il, ahanant.

Une lame de terre, irisée de cocotiers, que l'horizon encerclait de sa solitude.

– Pourquoi avez-vous mouillé ici ?

– Les fonds étaient peu profonds et les navires anglais accostaient toujours de l'autre côté.

– Il y avait combien d'or à bord ?

Il reprit son souffle.

– Dix tonnes. Comme les deux autres sous-marins du projet Ammerbach.

Toute ouïe, j'écoutai le récit. Möhlmann avait été choisi pour commander l'U-182. Seuls lui et les pachas des deux autres sous-marins connaissaient l'objectif de la mission. En équipage, des hommes triés sur le volet. Les meilleurs à chaque poste, Henry Schwarzbrod en tête, pour le poste d'oreille d'or.

Devant l'imminence du désastre, le haut commandement allemand avait décidé de répartir en secret les trois submersibles à différents points du globe, chacun accompagné d'un Milchküh qui ignorait l'objectif réel. L'or, en barres et en pièces, reposait dans des caissons étanches, siglés « top secret ». Les navires se cachaient, attendant un ordre de mission dont ils n'avaient pas connaissance, dans le but de reconstruire les forces vives d'un quatrième Reich.

L'U-182 naviguait au sud de l'Afrique de l'Ouest, quand la reddition de Dönitz leur était parvenue. Ils avaient alors cru à une ruse des alliés. Tandis qu'ils croisaient au large de Bonne Espérance, ils avaient subi l'attaque sanglante de l'*Impala* et du *Tobok*, coulant néanmoins ce dernier.

L'attaque du Liberator avait sonné le glas de leurs derniers espoirs.

– L'avion rasait l'océan, dans le sens contraire du vent. Il nous a eus par surprise. La plupart des hommes se reposaient sur le pont. Un carnage ! Paix à leur âme. J'ai pris une balle à l'épaule et j'ai perdu beaucoup de sang.

Il leur avait alors fallu réparer les avaries et donner une sépulture décente aux trente-deux corps placés dans la chambre froide, sur les quarante que composait l'équipage.

Privé au bout de quelques jours du Milchküh qui dut faire escale et le bateau ayant subi une avarie d'étanchéité,

Möhlmann avait décidé de remonter vers l'océan Indien, moins fréquenté, et de s'y planquer. Ils avaient alors appris la capitulation par la radio. Avec Madagascar et les Seychelles aux mains des alliés, l'Ile Maurice un cul-de-sac, il avait décidé de rejoindre la Tanzanie dans un océan délaissé par la marine alliée concentrée sur l'Atlantique, en tentant un coup de poker.

– On a déguisé le navire, raconta-t-il, un large sourire aux lèvres. Comme les alliés cherchaient un sous-marin, on a taillé des bandes de voiles pour faire croire de loin à un cargo. On a confectionné une cheminée avec un tuyau en fer blanc, et des chiffons imprégnés de gasoil faisaient office de fumée. Parfois, on mettait même la radio à fond. Du jazz américain. Ça a marché, au-delà de nos espérances.

Il ricana, comme un gosse heureux d'un tour pendable. J'observai, admiratif, le vieux renard. Ils finirent, sans autre dommage, par accoster dans la partie nord vierge de l'île de Zanzibar, abrités derrière un récif émergé. Huit jours avaient été nécessaires pour transborder et enterrer les hommes et réparer ce qui pouvait l'être. Ils vécurent de vivres embarqués et de fruits trouvés sur place.

On lui avait confectionné un pansement de fortune, mais ses souffrances étaient devenues intolérables. L'un des hommes, parlant couramment anglais et habillé en civil, fut dépêché à Stone Town, la ville principale de Zanzibar. Il revint avec le plein de nourriture fraîche, de la pénicilline et des sulfamides pour sa blessure, des cigarettes et des cartes postales.

– Elles étaient destinées à Henry. Nous n'avions personne à qui écrire, mais lui si. Une fois en mer, il nous avait avoué l'existence d'une femme et d'un enfant. Je crois même en avoir gardé une, de carte. Il faudrait que je vérifie.

Un jour, l'émissaire, chargé de provisions, avait signalé la rumeur de la venue prochaine de navires alliés.

– J'ai réuni mes six hommes le soir du dixième jour. Blessé, je ne pouvais poursuivre le trajet. Il me fallait des soins plus sérieux. Je leur ai alors avoué la vérité. Ils sont tombés des nues. Soit ils se rendaient, avec la perspective d'être emprisonnés ou fusillés, soit ils continuaient à fuir. On a voté sur ce qu'il convenait de faire. Les six décidèrent de poursuivre. J'ai nommé Henry Schwarzbrod second. J'ai gardé cinq cents kilos d'or, essentiellement en pièces. Ils m'ont aidé à les enterrer sous une croix fictive, à côté des autres. Ils ont fait le plein de vivres et sont partis.

– Et vous avez utilisé cet or pour reconstruire et moderniser la mission.

Il écarta les bras, bienveillant. Les mots s'entrechoquèrent. Il se tamponna les tempes avec un mouchoir.

– Au début de la guerre, j'ai été capitaine en second d'un sous-marin qui a été coulé par un destroyer. Je me suis réfugié avec cinq autres hommes dans le compartiment machines. Dans un instinct de survie, je leur ai demandé d'enfiler les appareils de sauvetage et de prendre les respirateurs. J'ai recommandé notre âme à Dieu, en lui promettant de consacrer le reste de ma vie à son service, si je m'en tirais. On a ouvert le sas. Les quatre autres sont morts d'embolie pulmonaire pendant la remontée. Je fus le seul survivant.

Il attrapa une gourde et étancha sa soif de longues rasades qui secouaient sa pomme d'Adam proéminente. Nous étions en vue de la plage. La clarté de l'eau permettait d'éviter les têtes de roches déchiquetées.

Le récit s'enchaîna. Après deux jours à dériver, un navire allemand l'avait finalement recueilli. Remis de ses émotions, il avait profité d'une longue perm à Berlin, l'été 43, pendant laquelle il s'était initié avec ferveur à la théologie dans la maison des Pères Blancs à Berlin. Le projet Ammerbach l'avait toutefois rattrapé. Il avait alors accompli son vœu à Bagamoyo et pris pour nom de famille celui d'un ancien copain d'orphelinat.

– Je me suis fait soigner à Stone Town. Puis j'ai rejoint Bagamoyo. J'avais appris qu'il y avait une mission là-bas. Je me suis présenté comme père blanc, originaire d'une famille aisée. Personne n'a vérifié. Je me suis intégré petit à petit. Je venais ici en cachette, chercher des lingots que j'échangeais contre des shillings, en passant par les commerçants indiens plutôt que par les banques. Ça ne laisse aucune trace. Puis je suis devenu le responsable de la mission. Je l'ai modernisée, j'ai sillonné le pays pour recruter des fidèles, j'ai évangélisé les environs.

J'atténuai le récit idyllique.

– L'or avait été spolié aux Juifs et provenait des camps !

Il semblait sur le point de lancer une réponse acerbe, mais se ravisa, demeurant silencieux jusqu'à l'accostage. Le promontoire de corail, qui, plus de cinquante ans auparavant les avait abrités des regards, renvoyait le son du ressac avec une impressionnante intensité.

Le pêcheur affala sa voile. Le bruit de l'eau taillée par l'étrave se taisait peu à peu, à mesure que l'embarcation perdait de son erre. On arrivait à une plage idyllique, isolée, surplombée d'une mangrove qui formait un maillage infranchissable.

Nous nous déchaussâmes et je soutins le Père, tandis que nous gagnions la terre ferme. Des crabes s'éparpillèrent telle une armée en déroute sous un soleil à son zénith.

Le Père donna un ordre en swahili. Machette en main, le pilote du bateau tailla un passage dans lequel nous nous engouffrâmes. Les extrémités fendues des branches nous lacéraient. Exténué, Schütz avançait comme un automate.

Au bout d'un moment, le sable se fit plus dur. Nous gagnâmes une forêt de cocotiers. Schütz s'assit afin de reprendre un semblant de forces. Nous marchâmes ensuite une dizaine de minutes à couvert, jusqu'à une clairière cernée de végétation. Sous l'éclairage de fournaise, qui ne projetait aucune ombre, tout semblait irréel.

Recouvertes de corail, trente-trois tombes alignées apparurent. Nous nous approchâmes. Sur chaque croix de bois blanchie par le sel, sculptée au couteau, les initiales des victimes. Le Père s'immobilisa et pria. Puis, il s'approcha d'un emplacement et désigna les lettres gravées : N.A., Nicolas Ammerbach. Il ne manquait pas d'humour.

– L'or est en dessous. Il reste quelques kilos. Vous voulez vérifier ?

– Inutile.

Je demeurai un long moment pensif. Le flot de mes questions troubla sa quiétude.

– Que sont devenus les deux autres sous-marins du projet Ammerbach ?

– Paix à leur âme, je l'ignore.

– Et vos six membres d'équipage ?

Schütz souleva son panama et s'épongea le crâne en prenant soin d'éviter les blessures.

– Partis refaire leur vie au Yémen Nord.

J'eus alors droit à une leçon sur la géopolitique de l'époque. L'U-182 ne pouvait plus plonger. Sa navigation de surface jusqu'à Zanzibar et le leurre de la fumée de cheminée avaient pompé une grande partie du gasoil et le rendaient vulnérable. Il restait cinq mille milles d'autonomie. L'Égypte inatteignable. L'Érythrée et la Somalie aux mains des Italiens. Le Kenya, le Yémen Sud et Oman, tous anglais. Djibouti, territoire français. L'Arabie Saoudite, anglaise et américaine.

Le seul pays allié proche restait le Yémen Nord, à l'hospitalité ancestrale, qui tirait son origine de la route des parfums qu'empruntaient de nombreux voyageurs au temps glorieux de la myrrhe et de l'encens. Un pays tribal, qui détestait l'idéologie du sionisme, organisé en féodalités suffisamment pauvres pour vendre leur silence. Un vaste territoire peu fréquenté, où de nombreuses montagnes reculées offraient d'imprenables citadelles.

Mais un périple dangereux jusqu'au port de Moka, surtout à l'approche du Canal de Suez, fréquenté par de nombreux bâtiments et protégés par la base d'Aden.

– Y sont-ils parvenus ?

Il me regarda avec l'air las de quelqu'un trop assailli de questions. Son expression était impénétrable. Il rebroussa chemin.

– Venez, il faut rentrer. Je dois changer mes pansements et me reposer. Passez me voir ce soir à la villa.

Installés en vent arrière, nous atteignîmes Bagamoyo en début de soirée. Les lueurs convulsives du coucher de soleil embrasaient le ciel. Je rejoignis la *rest house* pour prendre une douche, et passai un coup de fil. Carol dormait. Je n'eus que l'infirmière, qui m'indiqua que tout allait bien.

Ingrid Schwarzbrod, enfin, décrocha. Elle esquiva les questions sur sa santé et sur son mutisme des derniers jours. Je lui fis un compte rendu aussi précis que possible. J'insistai sur le courage de son père, toujours sans évoquer qu'il était peut-être encore vivant. À la fin, elle précisa.

– Thel, vous savez, ce Peter Bertram…

L'avocat qui lui avait remis la carte postale.

– … Déjà deux fois qu'il m'appelle pour que je lui donne des nouvelles.

– Surtout, ne lui dites rien, à ce stade.

– Il y a autre chose… J'ai l'impression d'être suivie.

À distance, je ne voyais pas comment l'aider. Je lui suggérai quelques recommandations pour rompre une filature et raccrochai. Chaque chose en son temps.

Le Père attendait sur sa véranda. Au-dessus de lui, une myriade de lucioles entamaient leur danse fugace autour d'une lampe qui coiffait son crâne nu d'un halo fantomatique. Un opéra de Wagner tournait sur un gramophone. Il me proposa un fauteuil à bascule, face à lui.

– Dure journée, n'est-ce pas ?

Je le sentais prêt à abattre toutes les cartes, le destin nous ayant rendu quelque peu complices. Il se pencha et, tremblotant, se saisit d'une enveloppe kraft pliée en deux et d'un cahier épais, recouvert d'un cuir foncé usé.

– Tenez, voici le livre de bord de l'U-182. Tout y est consigné, jusqu'à Zanzibar. Je vous ai traduit les dernières pages. Vous pouvez le garder, en souvenir.

Je le remerciai d'un hochement de tête.

– Schwarzbrod était vraiment le meilleur ?

– Ach, il était exceptionnel. Une ouïe incroyable. Toujours à bricoler des systèmes d'écoute, à augmenter leurs capacités. Un chercheur dans l'âme, doué d'une bonne capacité à commander. J'étais très proche de lui. J'ai créé un centre auditif moderne en sa mémoire.

– Pourquoi parlez-vous de lui au passé. Il est mort ?

Schütz respira profondément. Ses paupières lourdes se fermèrent.

– Vous savez, pour vivre ce que nous avons vécu, il nous a fallu mourir plusieurs fois.

Il reprit, un bégaiement de fatigue dans la voix.

– J'ignore ce qu'il est devenu. J'ai juste appris qu'il les avait conduits sans encombre à Moka. Il m'avait fait parvenir un message par bateau. Après… Dieu seul le sait. L'équipage doit encore couler des jours paisibles au Yémen. Vous savez, ils sont étonnants, les Yéménites. Par coutume, ils vous laissent facilement entrer. Mais, il est très dur d'en repartir. Avec les guerres tribales en ce moment dans le pays, vous allez avoir du mal, car vous allez bien vous y rendre pour avoir le fin mot de l'histoire, n'est-ce pas ?

Le ton était suppliant. Je hochai la tête en guise de réponse. Il précisa que l'aéroport était en partie fermé aux étrangers. Surtout à mes compatriotes. Une référence au forcing d'Obama qui tentait d'imposer une présence américaine durable sur l'île de Socotra, au large d'Aden, sous couvert de la lutte contre Al Qaeda, irritant ainsi la majorité des Cheikhs yéménites, sympathisants à la cause.

– Je vous conseille le bateau, ajouta-t-il. À partir de Djibouti. C'est beaucoup plus discret. Tenez, prenez cette carte. Elle date de 1940, mais est très précise. Je m'en servais dans le sous-marin. J'y ai noté le parcours à suivre pour aller jusqu'à Moka

Je m'en saisis. Puis il extirpa une enveloppe de sa poche, et parut hésiter avant de me la tendre.

– J'ai retrouvé une des cartes postales sur lesquelles Henry écrivait. On n'en trouve plus depuis très longtemps. Dites, quelles sont vos réelles intentions au sujet de l'or ?

– Je vous l'ai dit. Je suis mandaté par la fille de Schwarzbrod pour le retrouver.

– Qui me prouve que vous ne travaillez pas vous aussi pour une organisation ? Ou pour votre propre compte ?

Une dizaine de vagues s'échouèrent dans un feulement avant que je ne réponde.

– Vous devrez vous contenter de ma parole.

Il n'avait pas à savoir que chaque enquête permettait au sous-marin de mes angoisses de se rapprocher un peu plus de la surface. Je pris congé, les documents sous le bras. Il se leva, chancelant et me fixa avec une intensité que je ne lui avais pas encore vue.

– Je vous jure que nous ignorions l'origine de l'or. Au pire, ne croyez-vous pas que je l'ai mieux redistribué qu'une officine gouvernementale israélienne, une organisation humanitaire ou un banquier suisse ? Et je suis certain que le reste de l'équipage en a fait autant. Dieu jugera nos actes dans Sa bonté. Tous nos actes.

Il me serrait maintenant l'avant-bras de plus en plus fort.

– Allez au Yémen au plus vite et dites-moi ce qu'ils sont devenus. Je sens ma mort venir et j'aimerais le savoir avant de quitter cette terre. Je compte sur vous.

Une fois rentré, je fis glisser entre mes doigts la carte postale. De mémoire, la photo représentait à peu près la même vue que celle d'Ingrid Schwarzbrod. Un autre pan de l'histoire s'ouvrait, qui laissait place à une nouvelle énigme, comme des poupées russes qui n'en finiraient pas. Sans savoir encore ce qu'il convenait de faire, je me déshabillai et gardai mon caleçon pour une baignade.

J'échafaudai divers plans pour rejoindre le Yémen. En tête, l'idée d'accoster là où ils l'avaient fait, plus de cinquante ans auparavant, et de faire confiance à la chance.

Rapidement séché par le vent nocturne, j'attrapai le livre de bord, une lampe à pétrole, et m'assis sur un tronc mort sur la plage. J'allumai un cigarillo et regrettai de ne pouvoir mettre du jazz, musique qui m'aidait à réfléchir. Les traductions du Père Schütz, au crayon à papier, tenaient dans des bulles reliées aux dates par des flèches.

*

7 mai 45. 11 h 03
Dönitz annonce reddition. Ruse ennemie ? Attendre ordres.

*

10 mai 45. 8 h 02
Ravitaillement gasoil par Milchküh. Moral en berne. Aucun ordre. Prions.

*

14 mai 45. 19 h 52
Décide faire route océan Indien. Aucun ordre.

*

16 mai 45. 8 h 03
Cap Bonne Espérance. Klaxon d'alerte. Deux bâtiments ennemis. Diesels stoppés. Hélices embrayées sur moteur électrique. Attaque brutale. Enfer. Structure résonne. Secoués. Tentons de plonger. En vain. Avarie au kiosque. Bruit infernal grenades. Pétrifiés. Remets notre âme à Dieu.

*

Je passai sur les minute par minute du récit de l'horreur.

*

19 mai 45. 7 h 03
Milchküh abandonne. Avaries importantes. Livrés à nous-mêmes.

10 h 24. Radio annonce capitulation. Terrible. Prions ensemble.

11 h 07. Hommes épuisés. Démoralisés. Repos sur pont. Attaque surprise Liberator. Carnage. Plongée impossible. Cinq passages. Mitrailleuse enrayée. Nombreux tués. Blessure par balle au cou. Hémorragie.

*

22 mai 45. 7 h 40

Silence dans ciel. Aucun bâtiment ennemi. Vigilance accrue. Morts déposés dans chambre froide. Prions pour leurs âmes. Caisses d'or réparties. Equilibrer sous-marin. Douleurs cou insupportables. Moral hommes au plus bas. Voie d'eau.

*

26 mai 45. 15 h 18

Fabrication leurres. Navigation difficile. Nombreux récifs.

*

6 juin 45. 7 h 02

Île Zanzibar en vue. Dieu soit loué. Démontons leurres. Attendons nuit.

23 h 16. Accostage récif. Feux éteints.

*

16 juin 45 20h12
Réunion équipage. Annonce vérité sur cargaison. Surprise sur visages. Vote à main levée. Unanime. Dernier commandement. À la grâce de Dieu.

Le sommeil me tomba brusquement dessus. Je refermai le livre et regagnai ma chambre. Mais, quelque chose clochait. Je commençai à fouiller partout. Mon carnet de notes et la carte marine avaient disparu. Une voix stoppa net mon élan.

– C'est ça que tu cherches ?

Dafna Ergon ! Elle se tenait dans l'encoignure de la porte et brandissait mon calepin et la carte. Je n'avais pas encore eu le temps d'y consigner les derniers échanges avec Schütz. Heureusement. J'y allais au bluff.

– Pas vraiment. La carte seule ne te sert à rien. Tout est dans le livre de bord ! Y est précisé où est Schwarzbrod.

Elle me défia.

– Pourquoi t'ai-je attendu, d'après toi ? Nous aurions plutôt intérêt à nous entre-aider. Je parle couramment arabe. Et, à mon avis, tu en auras sacrément besoin au Yémen. D'autant que je dispose d'un appui logistique à partir de Djibouti.

Étonnamment, son large sourire répondit au mien.

21

Un ciel dense baignait Djibouti et les environs. Installé à la terrasse du *Palmier en zinc*, un hôtel à la vue plongeante sur le port, je contemplai l'horizon. Des grues régulaient en stents bleutés les flux des cargos et des boutres qui griffaient inlassablement le lino foncé. Le soleil de midi rivalisait avec le sable du désert et la blancheur des bâtiments, rehaussés de corolles paraboliques à l'ombre figée.

Je ressassai la franche discussion que Dafna et moi avions eue dans l'avion qui nous menait de Dar Es Salaam à Djibouti. Je n'étais pas réellement en position de force. Déjà trois semaines d'enquête passées, sans avancées majeures. En épée de Damoclès, l'état de santé d'Ingrid. Ignorant des us et coutumes arabes, il était illusoire de partir seul à l'abordage.

De son côté, Dafna, appuyée par une organisation sans faille, irait jusqu'au bout. Elle était programmée. Mais il lui manquait un pan de l'histoire. Même si elle avait aperçu les phrases de la carte postale accrochées à mon bureau, elle en ignorait probablement le sens et pensait que le livre de bord nous conduirait à Schwarzbrod, donc à l'or. Elle m'avait cru sur parole lorsque je lui avais précisé que je travaillais moi aussi pour une organisation puissante. Sa proposition de collaborer avait donc trouvé un écho favorable. Ce n'était pas une première, entre services secrets. Nous nous épaulerions, jusqu'à retrouver le reste de l'équipage du sous-marin. Le final s'improviserait, comme souvent. En échange, elle garderait secret le dossier sur ma famille.

Les premiers actes de Dafna confortèrent ma décision. Après lui avoir glissé que les marins se cachaient probablement chez un seigneur yéménite, elle avait joint son antenne locale. Nous étions convenus de nous retrouver ici. Finalement, elle avait pris un peu plus de temps que prévu.

– Ils ne t'ont pas posé de question ?

Plaque tournante stratégique, Djibouti abritait des services secrets du monde entier.

– Je leur ai dit que l'enquête continuait et qu'il fallait que je me rende au Yémen. Peux-tu maintenant me donner le livre de bord ?

– Non. Continuons à nous faire confiance. Je te dévoilerai tout en temps utile. Que t'ont-ils dit pour Yoni ?

– Ils savent qu'il est mort en mission. Je n'ai pas précisé comment. Ils attendront le rapport. En revanche, je les ai informé que… enfin… que je t'avais « tamponné ».

Elle crispa les mâchoires, le regard marron indéfinissable, et accepta néanmoins de répondre à certaines questions, éludant l'essentiel. Elle détailla les conditions d'entrée au Mossad, après trois ans de service militaire qui suivaient un cursus d'ingénieur en télécommunication. Maîtrise des langues, sports de combat, endurance, sévices psychologiques. Une sélection impitoyable, mettant les nerfs à rude épreuve. Au final, deux ans à la division information, plus une aux relations internationales, avant de rejoindre le Metsada, les opérations spéciales.

– Comment savez-vous que Schwarzbrod est toujours vivant ?

Son regard me fit penser que je m'étais subitement métamorphosé en cloporte écervelé.

– Qui dit Schwarzbrod dit or, qui dit or dit vente de stock d'or. Même si la plupart des anciens nazis encore en vie sont très prudents, les amis d'Israël qui travaillent dans les banques nous transmettent des renseignements précieux. Je te fais un dessin ?

Elle dévia sur un autre sujet.

– Mon antenne a signalé qu'on avait un dossier sur un Cheikh yéménite. On détient des informations très gênantes sur l'un de ses fils, qui étudie à Taïwan. Elle cherche aussi le moyen de nous y transporter. Je dois repasser au milieu de l'après-midi.

– Juste un détail. Autant éviter de poser la question devant tout le monde. Comment vous pouvez tenir un Cheikh yéménite par les couilles ?

Bras croisés, comme si elle discutait longuement avec elle-même pour décider si elle devait aborder le sujet, elle finit par soupirer.

– Pour la protection d'Israël, nous sommes obligés d'infiltrer tous les pays qui nous entourent. Comment crois-tu que nous connaissons les bases nucléaires iraniennes ? Le Yémen est un pays à risque : ils n'ont pas hésité à virer tous les Juifs d'ici en 1948, ils ont pris parti pour Saddam Hussein à l'époque, et on les soupçonne d'abriter une frange d'Al Qaeda. On a des dossiers sur beaucoup de monde.

Il semblait qu'elle l'avait dit avec une pointe de menace dans la voix. À moins que la propre situation de mon grand-père déformât ma perception sur ce sujet sensible. Elle expliqua que le Yémen, sous une démocratie de façade, fonctionnait comme une féodalité. Les Cheikhs, chiites et sunnites, agissaient en gouverneurs de province, farouchement indépendants du pouvoir central. Leurs milices armées, belliqueuses, tentaient tant bien que mal de faire régner l'ordre, souvent bafoué par une pauvreté grandissante et la mainmise sur les rares ressources.

– Ce serait pratique que tu m'informes de ton nouveau nom.

– Salima Ahmed. Journaliste algérienne à El Watan.

Connaissant par avance la réponse, j'y allai franco.

– Comment t'appelles-tu vraiment ?

Un air grave traversa son visage.

– Je ne le sais plus moi-même.

Je gagnai la place Ménélik, au centre de Djibouti. Le livre de bord était dans mon sac en bandoulière. Une nuée de jeunes enfants couraient après quelques bakchichs. Remplissant les rues, vieillards, cireurs, vendeurs ambulants de cartes, cigarettes, chewing gum, dans des boîtes de cartons qu'ils portaient devant eux, une ficelle autour du cou, comme les anciennes ouvreuses de cinéma. Des bus bondés sans vitres et des taxis lâchaient à chaque démarrage des écrans noirâtres de fumée nauséabonde, tels des seiches de métal cabossé.

J'achetai un appareil photo d'occasion et patientai dans un lieu au service nonchalant, indiqué par Dafna. J'écrivis un mot pour Carol au dos de la carte postale donnée par le Père. Dafna me rejoignit au moment où je finissais mon thé et murmura à voix basse.

– Un contact sur place se montrera coopératif. Notre boutre nous attend à quatre heures demain matin, sur le port. Je passerai te prendre à moins le quart. Trouve-toi un déguisement pour la première partie du voyage. L'équipage est des nôtres. On va se faire passer pour de paisibles pêcheurs arabes. Ils seront armés, en cas de piraterie. De toute manière, on essayera de choper un convoi.

Les derniers reportages regorgeaient d'enlèvements par des pirates œuvrant à partir de la Somalie, fuyant sécheresses récurrentes et crises de subsistance. Ils connaissaient remarquablement les côtes de la Corne de l'Afrique et de la péninsule arabique, les courants et les vents. Troquant leurs embarcations pour des hors-bord avec mitraillettes, lance-roquettes et la géolocalisation satellitaire. Devant la recrudescence de leurs attaques, les navires de tout type qui voulaient passer le Golfe profitaient de la présence balbutiante d'une armada internationale qui convoyait ces diligences de la mer. D'un ton sans appel, je précisai :

– Dafna, je ne partirai pas si vous ne me trouvez pas un flingue.

Je repassai à la terrasse de l'hôtel, après avoir posté la carte, puis contactai Hambourg. L'espoir que Carol remarche n'était plus une vue de l'esprit. Mieux, ses cordes vocales se remettaient progressivement à vibrer.

Les cheveux noirs de Dafna disparaissaient sous une chéchia gris perle. Elle les avait noircis, ainsi que ses sourcils. Un fond de teint masquait ses taches de rousseur. Sa longue silhouette, camouflée sous une tunique arabe, s'assit à mes côtés, à l'arrière du boutre. Un sac marron était jeté sur son épaule. De la cale remontaient des relents écœurants de poissons. Le martèlement sonore du moteur qui trouvait écho sur les quais allait en diminuant, affolant de ses remous les rares lumières du port qui se reflétaient. La voûte céleste majestueuse brillait de ses derniers feux, en un défi à l'aube proche. Je rongeai mon frein devant tant de lenteur. Dafna consultait la carte marine. Clin d'œil du destin de voir un agent du Mossad se repérer à l'aide d'un document de la Kriegsmarine.

Nous fîmes route vers la pointe Est de l'île de Mascali que nous doublâmes au moment où le soleil naissant embrasait les nuages du golfe de Tadjoura. Cap vers Aden. Le vent se leva, faisant naître dans la bouche des deux marins des imprécations de satisfaction que je partageai. Ils hissèrent les voiles et nous nous engouffrâmes à plus de dix nœuds sur une mer mouchetée et lumineuse.

La bouche sèche, mes yeux et mon cou se fatiguaient à scruter l'horizon. Je transpirais à grosses gouttes sous un chèche blanc et une djellaba. Le livre de bord, à moitié dans mon pantalon, me rentrait dans les chairs.

Après deux heures de navigation, la mer s'assombrit, puis l'orangé des reliefs volcaniques acérés d'Aden se présenta à tribord. Bientôt, le détroit de Bab-el-Mandeb et l'entrée de la mer Rouge. Nos convoyeurs redoublèrent de vigilance, les yeux vissés aux jumelles. L'inquiétude grandissait. Des pirates pouvaient surgir de n'importe où.

Trois points apparurent alors, filant au ras de l'eau. L'angoisse monta d'un cran, puis se relâcha. Des navires marchands, de fort tonnage, que nous rejoignîmes. Nous suivîmes ensuite sur tribord une terre montagneuse aride.

Surgissant de cette désolation, le minaret blanc de la plus vieille mosquée de Moka, précisa Dafna. Il surplombait un champ de maisons en ruines. Quelques siècles avaient suffi à transformer l'ex-capitale mondiale du café en une ville fantôme, où seul le sable semblait s'intéresser aux décombres ayant appartenu à de riches négociants. Nous accostâmes sur une plage de rocaille, d'allure lunaire.

Une fois à terre, nous réajustâmes nos déguisements. Je tentai de me mettre à la place de l'équipage du sous-marin qui avait débarqué ici, épuisé après tous ces jours en mer. Ils avaient dû naviguer de nuit, sans cesse sur le qui-vive pour éviter les navires alliés basés à Aden et l'important trafic maritime. Sans compter les nombreux récifs affleurant. J'imaginais que la configuration du port de Moka leur avait permis de se cacher quelque temps dans le submersible, pendant qu'un ou deux hommes descendaient à terre pour repérer les lieux et se renseigner. Ensuite, je les voyais fuir le plus loin possible avec l'or, après avoir coulé le sous-marin.

Nous nous mîmes en route dans la fournaise. Il était clair que nous ne trouverions nulle part ici la mémoire vivante de ce qui s'était passé cinquante années avant.

Un homme, en djellaba blanche et chèche bariolé, nous proposa son pick-up Toyota. Dafna négocia en arabe notre transfert vers la capitale Sanaa, où résidait son contact. Notre chauffeur déposa nonchalamment une kalachnikov le long de la portière et démarra sur l'asphalte en fusion.

Deux heures de route harassantes pour joindre la ville de Taïz dans un paysage qui s'avérait, au fur et à mesure que nous grimpions, de plus en plus époustouflant avec des pics se chevauchant à l'infini, surplombés d'habitations carrées assez hautes en pierre, de minarets dressés et de villages fortifiés. L'impression d'un monde retranché, suspendu aux siècles écoulés, saturé de légendes. Partout des touches de couleur d'un tableau impressionniste, beige rose des maisons, verres colorés des fenêtres, émeraude des jardins potagers. Oasis, champs de quat verdoyant, caféiers en terrasses escarpées constituaient l'essentiel de la végétation.

Le chauffeur cornait à plein régime pour écarter les nombreux bus bondés, vélos, 4x4 sans frein, bestiaux, ânes chargés de bois et une foule bigarrée traversant la route sans prévenir. Il s'arrêtait toutes les vingt minutes afin de trouver ses feuilles de qat à mâcher, en manque de son léger effet hallucinogène. Ces pertes de temps m'ulcéraient. Les femmes en burka ou voilées de rouge se pressaient, carton à provision sur la tête. Coiffés de foulards à carreaux, les hommes exhibaient tous à leur ceinturon coloré une jambia, un poignard doré d'apparat, sur une jupe longue que recouvraient des vestes brunes. Dans leurs mains, des kalachnikovs, menaçantes. Des sacs plastique roses et bleus ayant servi à transporter le qat jonchaient le sol dans une crasse épouvantable.

Une Land Rover, chargée d'une mitrailleuse, nous stoppa peu après que nous ayons dépassé la citadelle de Taïz. Il y eut un long conciliabule entre des Yéménites et Dafna. Impossible d'imaginer qu'elle fût un agent du Mossad. L'illusion parfaite. Des billets changèrent rapidement de mains. Les soldats finirent par repartir et s'installèrent dans leur véhicule.

– Que se passe-t-il ? m'enquis-je.

– On va traverser une zone à risque, bourrée de rebelles. Prépare ton appareil photo. J'ai dit que nous étions journalistes. Ils nous proposent une protection payante jusqu'à Sanaa.

Nous nous faufilâmes en convoi dans un trafic dense, jusqu'à la capitale. Finalement, la porte principale de Sanaa, en terre médiévale, se présenta à nous. *Bab el yémen*.

Nous réglâmes le chauffeur et continuâmes à pied dans des ruelles encadrées par des maisons-tours, de brique et de basalte, saisissantes par les frises de couleur et de matières en dents de scie. Dafna avait mémorisé l'adresse d'un *fundunk*, une auberge locale au confort rudimentaire.

Nous nous frayâmes un chemin au milieu d'un caravansérail de Yéménites enturbannés, aux visages fiers, déambulant dans les souks d'épices, de fruits, d'armes et de bijoux. Peu habitué à cette altitude de 2 300 mètres, je recherchai un second souffle. Nous revînmes plusieurs fois sur nos pas avant de trouver notre *fundunk*, une bâtisse de brique brune de quatre étages, ponctuée de meurtrières et de fenêtres rondes, zébrée de fils électriques et de canalisations improbables. Deux ouvertures surmontées d'une lucarne de verre coloré diffusaient une lumière sépia sur les parois de plâtre de ma chambre, contigue à celle de Dafna. Je posai mes affaires au bord d'un lit sommaire, coinçai une chaise contre la porte et m'endormis, épuisé nerveusement, le pistolet et le livre de bord sous l'oreiller.

Une cataracte m'extirpa de mon sommeil. 18h15. Un ciel noir de mousson ouvrait ses vannes et déversait un torrent d'eau tiède. Je sortis ma tenue d'Occidental. Le Beretta, l'appareil photo et le livre atterrirent dans le sac en bandoulière et je grimpai au dernier étage, au salon à la vue plongeante sur les toits de la ville. Un New York miniature, en terre battue. Une bonne heure ainsi à patienter, bercé par le muezzin, l'odorat titillé d'effluves piétinés par la pluie. Le calme relatif finit par m'exaspérer. L'action me manquait, tout comme l'intensité sensorielle et le rythme trépidant de Big Apple. Je redescendis dans ma chambre.

Dafna toqua vers les vingt heures. Toujours vêtue d'une tunique, un foulard noir lui couvrait maintenant la moitié du visage.

– Je viens de voir mon antenne locale. Nous avons rendez-vous demain à Kawkaban. C'est une ancienne ville fortifiée, à deux heures d'ici. Le fief de notre Cheikh, Mohamed Hassan Tahl. Il nous envoie son escorte à la sortie de la ville. Inutile d'être armé, ils nous fouilleront.

Un soulagement. Enfin, de l'action.

– Ok. Tout ce que tu as à lui demander, c'est qu'il nous indique le lieu où se cachent des Allemands échoués ici en 1945. Ils seraient six, peut-être encore en vie. Veux-tu que nous allions dîner ?

– Tu me donneras le livre de bord ?

– Tu sais bien que non. Je te promets de te le confier dès que nous serons en face du repaire d'un des sous-mariniers.

– Alors chacun pour soi, jusqu'à demain.

Deux pick-up chargés de soldats en armes encerclaient une Land Rover dans lequel nous prîmes place, au pare-brise et portières criblés de balles. Le convoi s'ébranla dans un nuage de gasoil. Le chauffeur, la joue déformée par une boule de qat, bataillait ferme avec son levier de vitesses sur une route chaotique, au milieu de falaises stratifiées et de ravins vertigineux.

Le village millénaire de Kawkaban se présenta sur notre gauche, en surplomb. La montée escarpée évoquait certaines pistes du Colorado. Les façades fortifiées en briques apparurent au détour d'un virage.

Nous fîmes halte devant une maison imposante, aux ouvrants badigeonnés de plâtre décoratif. Une vigie allongée en haut d'un mirador fit signe d'ouvrir une porte en bois sculptée à double battant, enchâssée dans un porche millénaire. Une vingtaine de gardes dépareillés, armés jusqu'aux dents, attendaient assis en vrac sur les marches du Palais. Nous accédâmes par un escalier sculpté à l'un des salons du premier étage. Un homme de maison nous fit signe d'attendre.

Escorté par deux hommes en armes, se présenta alors un septuagénaire obèse, le visage buriné encadré d'un collier de barbe grise et d'un chèche couleur encre. Il était vêtu d'une veste noire en peau de chèvre.

Le Cheikh Mohamed Hassan Tahl nous dévisagea, puis congédia sa garde d'un geste négligent. Il s'assit bruyamment dans un large fauteuil, sans prendre la peine de nous inviter à en faire autant.

Je le détaillai. Le genre à avoir grand besoin d'un bon lit et de massages experts. Une face bovine, une lueur malveillante dans son regard de saurien, des doigts boudinés recouverts de bagues.

Dafna entama à voix basse un long conciliabule en arabe. Pas difficile d'imaginer qu'elle appuyait sur le fils du Cheikh. Le visage de Mohamed Hassan Tahl montrait qu'il recevait les paroles comme des coups de poing au visage. Puis des échanges gutturaux prirent le relais. Le Cheikh s'empourprait au fur et à mesure que sa voix charriait des mots comme un oued en crue. Les mâchoires crispées, Dafna tenait bon. Ils se dévisageaient, dans la pénombre grandissante, comme deux sumos avant l'assaut.

Un frisson glacial me traversa, sans savoir s'il était dû à une baisse de température réelle ou au manque de cordialité. Finalement, le Cheikh proféra une longue tirade sur un ton plus adouci. Dafna fit un signe discret et nous nous retirâmes.

Le convoi nous déposa à l'entrée de Sanaa. L'un des hommes descendit et nous escorta jusqu'au *fundunk*. Dafna brisa le silence.

– Il a entendu parler d'un contingent de nazis qui auraient été accueillis il y a une quarantaine d'années par un Cheick voisin. Il va se renseigner et devrait rapidement revenir vers nous, répliqua-t-elle, sans ambages. Il a compris son intérêt, s'il ne voulait pas que nous diffusions les informations dérangeantes sur son fils. D'ici là, il nous offre la protection de ses hommes.

Attendre. Toujours attendre.

– Sinon ?

Pour toute réponse, j'eus droit à un sourire figé.

22

TROIS AUTRES JOURS d'une insupportable attente, que je tuai tant bien que mal en endossant mon rôle de photographe. Rarement j'avais eu aussi peu le contrôle du temps dans une enquête. Dafna n'apparaissait que fugacement, au *fundunk*. Elle passait la plupart de ses journées dehors. Ingrid demeurait injoignable, mais Carol allait de mieux en mieux.

Le livre de bord bien calé dans le sac, je déambulais au milieu des souks, escorté par le garde. Je me fis un copain, Sayed, un jeune qui baragouinait un peu d'anglais et qui spontanément me servit de guide. Par curiosité, je goûtai des feuilles de qat. Ni trip, ni paradis. Juste une saveur astringente. J'avais procédé de même avec toutes les drogues, amphétamines, coke, speed, marijuana… Histoire de connaître les effets procurés et de m'en servir le cas échéant face à un drogué. Sayed me fit pénétrer dans une mosquée et, après un long conciliabule, me présenta un imam, très âgé, tout de blanc vêtu.

Nous bûmes un thé dans une ambiance empreinte d'orientalisme biblique. Avant de nous séparer, je lui demandai quelles différences il voyait entre Musulmans et Chrétiens. Il caressa sa barbe longuement, puis se fit malicieux :

– Comme notre prophète est plus récent que le vôtre, je dirais que nous sommes un peu mieux informés sur Dieu et la religion que vous, Chrétiens !

Dafna entra dans ma chambre sans frapper. Excitée.

– OK, c'est maintenant. Ils vont nous conduire dans un village au nord, où nous devrions trouver ce que nous recherchons.

Enfin. J'hochai la tête.

– Alors prends ton sac, on y va !

Une escorte attendait en file indienne. Un grand gaillard vint vers nous et donna un ordre virulent. Dafna répliqua, sur le même ton. L'homme demeurait inflexible.

– Que se passe-t-il ?

Elle tourna un regard mauvais.

– Ils exigent de nous bander les yeux.

Je répliquai d'un ton calme.

– Dafna, laisse tomber, nous n'avons pas vraiment le choix. Ni le temps.

– Et si c'était un piège ? rugit-elle

– Tu as bien dit que vous le teniez, ce Cheikh, non ?

– On voit que tu ne connais pas les Arabes !

Nous partîmes dans une ambiance tendue, pour un gymkhana qui dura près de quatre heures. J'avais bien essayé au début de percevoir quelques repères, mais le large bandeau obscurcissait trop ma vision.

À un moment, nous bifurquâmes violemment, avant de nous engager dans une montée vertigineuse. L'air se refroidit tout à coup. Le convoi s'arrêta au bout de vingt minutes. Cinq portières claquèrent. Un homme enleva nos bandeaux.

Une lumière limpide balaya nos cornées. Je me frottai les yeux énergiquement. Nous nous trouvions au bord d'un ravin escarpé. Face à nous, de l'autre côté, un pic de roches basaltiques qui s'étalait en nappes épaisses, rehaussé d'un fort de briques. Pour y accéder, un pont suspendu exigu, en arc prononcé, à moitié mangé par l'ombre menaçante de la citadelle.

Le guerrier s'adressa à Dafna en un long monologue, auquel elle répliqua. Les choses s'envenimaient.

– Il raconte qu'il a reçu l'ordre de son Cheikh de nous déposer ici. Ils ne nous accompagnent pas plus loin. Ils ne sont pas sur leur territoire et notre réponse se situe derrière ces murs. Que fait-on ?

Avant que je puisse répondre, les 4x4 redémarrèrent dans l'autre sens, nous laissant seuls, sans eau ni nourriture, à la merci d'une attaque. J'empoignai le sac à dos et m'engageai sur le pont.

Nous longeâmes une falaise de grès sur une vingtaine de mètres, jusqu'à l'entrée du fortin, un portail imposant, recouvert de clous métalliques. Ne sachant que faire, ignorant ce qu'il y avait derrière, nous nous mîmes à crier. Nous recommençâmes de plus belle, encouragés par l'écho lugubre qui se propageait.

Soudain, le claquement métallique d'une lourde serrure se fit entendre. Le porche s'entrouvrit, dévoilant un Yéménite, les traits acérés, des yeux noirs en fusion. Bardé de cartouches, Kalachnikov en main, la mine sévère. Dafna prit la parole. L'homme répliqua d'une tirade gutturale, qui n'annonçait rien de bon.

– Il dit qu…

– Ça va, j'ai compris.

L'impasse. Je réfléchissais à toute vitesse. Je sortis du sac le livre de bord que je tendis à l'homme.

– Dis-lui de donner ça à son maître.

Le type écarquilla les yeux devant la requête. J'insistai et lui collai d'autorité le volume dans les bras. Il s'effaça et referma le portail, qui claqua comme un couperet.

– Tu es fou ou quoi ? hurla Dafna. Tu donnes le livre comme ça !

– Il n'y avait rien dans le livre. Rien ! Juste des notes prises jour après jour.

De longues minutes s'écoulèrent. Dafna ruminait dans son coin. Frigorifiés, nous nous frottions vigoureusement les bras et le torse. Les reflets d'un soleil de fin d'après-midi basculèrent derrière la paroi et plongèrent un peu plus l'endroit dans une atmosphère glaciale.

La porte s'entrebâilla alors de nouveau. Dans la pénombre, nous crûmes encore à un vieux Yéménite. Scrutant posément le visage coiffé d'un chèche blanc et noir, je distinguai finalement les traits d'un Occidental âgé dont la stature fatiguée trouvait un peu de repos dans une djellaba de laine. Sous son bras gauche, le carnet de bord. Sa voix traînante nous prit de court.

– Les amis de mes amis sont mes amis. Entrez, je vous prie.

Incrédules, nous le suivîmes et pénétrâmes dans une vaste cour pavée. Une dizaine d'hommes armés discutaient entre eux. Cinq palais apparurent, faits de pierres grises et roses parfaitement agencées, de frises richement parées. L'homme bifurqua sur sa gauche et prit un escalier de pierre sculptée jusqu'à un vaste salon cossu. Il nous invita à nous asseoir sur des canapés recouverts de soie. Un feu crépitait dans une cheminée de pierre. Une servante arriva avec du thé et des gâteaux brillants de sucre. Je me jetai dessus pour rétablir ma glycémie. L'homme s'installa difficilement par terre, sur un tapis moelleux. Il défit son chèche qu'il posa à ses côtés et remit négligemment, d'un geste lent, les quelques cheveux blancs épars qui garnissaient son crâne ovoïde et ridé.

Je le détaillai d'un peu plus près. Sa peau vieillie brillait sous l'effet des lueurs du foyer. Dafna ne disait rien, toujours impénétrable.

– Je souhaitais m'excuser qu'on vous ait bandé les yeux, précisa-t-il d'une voix affable. Le Cheikh qui vous recommande a parlé au nôtre. Nous sommes très proches. Par curiosité, j'ai accepté de vous recevoir, avec la condition que vous ne puissiez jamais revenir. Nous avons l'habitude, depuis de nombreuses années, de nous méfier. Des rapaces en tout genre…

Il se tourna vers Dafna qu'il dévisagea intensément.

– Et surtout du Mossad qui poursuit les criminels de guerre.

Dafna fut prise de tremblement. La moue de la chasseresse, prise au piège, par un gibier aussi bien renseigné qu'elle. Un silence pesant s'installa. Chaussant des lunettes demi-lune, il poussa un soupir et s'empara du livre de bord.

– Elle n'est présente que comme traductrice, renchérissai-je pour la dédouaner.

Il dédaigna ma remarque.

– Alors, comme ça, mon Commandant, Herr Alexander Möhlmann, est toujours en vie. Il a réussi dans son projet de devenir père blanc…

Il feuilleta le carnet, l'air nostalgique. Ses doigts flétris se posèrent sur la première page.

– Savez-vous ce qu'il a écrit, là ?

Ne lisant pas l'allemand, je n'y avais pas porté intérêt.

– « Henry, Dieter, Hans, Boris, Karl, Gustav, si vous êtes encore vivants, merci de faire le meilleur accueil à mon ami, porteur du livre de bord. Il est au courant pour l'or. »

Je l'observai, interloqué. Dafna ne bronchait toujours pas. Je me lançai et demandai à qui nous avions honneur.

– Je suis Gustav Martesäcker. Officier mécanicien du U-182. Probablement, avec Alexander, le dernier survivant. À moins que…

Il hésitait.

– À moins qu'Henry Schwarzbrod ne soit encore en vie.

Il détailla alors les fortunes de mer que les six marins avaient dû affronter pour rejoindre le Yémen. Dafna buvait ses paroles. Le danger avait été omniprésent : bas-fonds, avions, navires ennemis. Ils n'avaient navigué que de nuit, se repérant aux étoiles, chargeant les ballasts d'eau de mer pendant la journée, afin d'être invisibles au ras de l'océan.

Le submersible s'était échoué, par l'avant, sur des récifs affleurant. Ils avaient d'abord essayé de le délester en déplaçant toutes les caisses d'or, au prix d'un effort titanesque. Sans succès. Ils s'étaient alors résolus à passer deux tonnes d'or par-dessus bord. Épuisés, ils n'avaient pas eu le courage de plonger pour les récupérer, une fois le sous-marin remis à flot.

Le manque d'eau avait failli leur être fatal. Hans Poldam, l'un des marins, en mourut, anéanti par la fièvre. Schwarzbrod avait eu alors l'idée de briser tous les verres des compteurs de mesure, afin de récolter un vague liquide, mélange d'huile et d'eau, dont ils s'étaient badigeonnés les muqueuses. Ils avaient ainsi pu tenir deux jours de plus, au bord de la déshydratation. Un nuage de mousson les avait alors sauvés.

Ils avaient stabilisé l'U-boat près de la côte, à quelques encablures de Moka. L'équipage était descendu à terre et avait enterré son compagnon. Ils avaient fait le plein de provisions. Personne ne s'était soucié de les voir là, d'autant que le Yémen était alors en proie à de nombreuses guerres tribales.

Revenus au navire, ils avaient décidé d'un plan : Schwarzbrod et notre interlocuteur partiraient négocier leur protection auprès d'un Cheikh gouvernant une province reculée. Munis d'une carte et d'une boussole, les poches remplies de pièces d'or, vêtus comme des Arabes, ils avaient suivi des chemins de bergers et avaient franchi les montagnes escarpées, jusqu'à rejoindre les alentours de Sa'dah, près de la frontière de l'Arabie Saoudite.

Un soir qu'ils se reposaient, ils avaient croisé l'escorte du Cheikh Ahmed Bin Jafir, chef incontesté de la province du Nord. L'un des gardes qui baragouinait quelques mots d'anglais avait servi d'interprète.

Le Cheikh cherchait à s'armer pour lutter contre les provinces voisines et les tribus en provenance d'Arabie. Ils avaient alors expliqué leur parcours, leur sens militaire, avaient exhibé les pièces d'or, leur promettant d'en fournir beaucoup d'autres.

Le Cheikh n'avait pas été long à infléchir. Il avait alors posé ses conditions, à la yéménite : chaque homme avait le droit de s'installer pour toujours dans sa province en édifiant le palais de son choix, de prendre femmes et de créer des familles. En échange de la moitié de l'or, il assurait la discrétion et leur protection mais leur interdisait de quitter un jour le pays. Enfin, il attendait d'eux un encadrement de son armée et le démontage de la mitrailleuse du sous-marin.

Une fois revenu au bateau sous bonne escorte, Schwarzbrod et notre interlocuteur avaient débriefé Dieter, Boris et Karl.

– Cependant Henry ne nous avait pas dit qu'il avait négocié son départ en cachette avec le Cheikh. On ne lui en a pas tenu rigueur. D'abord, parce qu'il nous avait amenés ici sans encombre, en vrai commandant. Et puis, il avait sa femme et son enfant. Le jour venu, or et mitrailleuse chargés sur des chameaux, nous avons coulé l'U-Boat au large, puis nous nous sommes dit adieu. Il a refusé sa part et n'est parti qu'avec une centaine de pièces d'or. Nous ne l'avons plus jamais revu.

Ahmed Bin Jafir avait tenu parole. L'or fut fondu et frappé en pièces. Les quatre hommes avaient bâti leurs forteresses, eurent de nombreux enfants avec des femmes locales et s'étaient impliqués dans le fonctionnement de son armée, la construction de dispensaires, d'écoles, de barrages hydrauliques, et ils avaient prodigué des conseils techniques en tout genre. Dans la plus totale discrétion.

À la mort du Cheikh, son fils avait prolongé l'accord tacite. Dieter, Boris et Karl s'étaient successivement éteints, de vieillesse. Gustav Martesäcker attendait patiemment son heure, au milieu de ses trois épouses et de ses quatorze enfants.

– À mon tour maintenant de vous poser une question : pourquoi recherchez-vous Henry Schwarzbrod ?

J'inspirai profondément, croisai les bras et me penchai vers lui.

– Il n'a jamais rejoint sa famille. Je… nous sommes mandatés par sa fille pour le retrouver. Nous devons faire vite, elle est sur le point de mourir.

Un long silence me répondit, entrecoupé de crépitements du feu. Dafna tressaillit et écarquilla les yeux. Elle venait de prendre conscience de mon subterfuge. Je n'agissais pas pour le compte d'un service secret. J'insistai.

– Vous avez été frères d'armes. Ça crée des liens. D'après vous, qu'a-t-il fait après vous avoir quitté ?

Il prit le temps de la réflexion.

– Figurez-vous que je me suis souvent posé la question. Il était très croyant et pratiquant. Il y avait en lui une forte envie de… réparer en quelque sorte le malheur que nous, Allemands, avions laissé derrière nous. Nous en discutions souvent. Un fort sentiment de culpabilité l'animait. Je l'imagine assez bien en défenseur d'une cause humanitaire, par exemple. En même temps, il était tellement doué pour les techniques du son que j'ai du mal à croire qu'il ne l'ait pas fait fructifier.

– Au point d'abandonner sa famille ?

– Je ne pense pas. Il n'a pas dû pouvoir les rejoindre comme il l'espérait.

Il fit sentir sa lassitude.

– Vous ne trouverez plus rien ici, j'en ai peur. Je vais vous faire raccompagner, conclut-il en tendant le livre. Madame, un conseil : ne remettez plus jamais les pieds au Yémen !

Yeux bandés, nous fîmes le chemin inverse, cette fois sous l'escorte de Gustav Martesäcker. Rentrés à notre *fundunk*, nous décidâmes de prendre un thé sur la terrasse, où la chaleur sèche nous avala. Un ciel bleu de fin d'après-midi baignait Sanaa. Dafna posa ses yeux noirs sur moi.

– Thel, merci.

– De quoi ?

Elle choisit ses mots.

– Il t'aurait été facile de m'enfoncer un peu plus et lui avouer que j'en voulais à son or. Tu m'as bien eu, avec le livre de bord et ton histoire d'organisation puissante.

– Dafna, il faut faire une croix dessus. Le Père a tout dépensé, deux tonnes ont été foutues à la mer, le Cheikh local et les quatre hommes de l'U-boat ont pris le reste. Et puis, même s'il en restait, avec tout ce temps, comment ferais-tu ? Avec un commando ? Tu as vu les positions inexpugnables ? La protection armée du Cheikh ? Alors, oui, il reste bien les quelques pièces de Schwarzbrod, mais on n'a plus rien sur lui.

Elle se mordit les lèvres. Pour la première fois, je vis passer une lueur de détresse dans ses yeux. Je m'engouffrai dans la brèche.

– Dis-moi, que possèdes-tu vraiment sur mon grand-père ?

Elle se tritura les ongles, puis reprit sur un ton entêté.

– Je n'en sais pas plus que ce que je t'ai dit à New York. Avant de te rencontrer la première fois, j'avais demandé qu'on fasse des recherches, au bureau central de Tel Aviv. Ils ont assuré que ton grand père était un fasciste, qui s'était réfugié au Vatican. Il n'y a pas de centaines de Piétro Avogaddro, non ?

Une mèche invisible vrillait mes viscères. Je donnai le change.

– Que vas-tu faire, maintenant ?

– Continuer le combat. Il y a encore plein d'or à récupérer.

– Tu ne veux pas te poser un jour ?

Elle se leva et ajusta sa chevelure.

– C'est toi qui me dis ça…

Je lui redonnai le Beretta. Elle quitta le *fundunk*, sans un au revoir. Après de rudes palabres, je trouvai un des rares vols décollant le lendemain à destination de Taïwan, avec escale à Dubaï. Là, un Dubaï-Hambourg, m'attendait. J'avais hâte de voir Carol et de joindre Ingrid.

Nous étions dans l'impasse, une fois de plus. Et je ne voyais pas par quel miracle relancer l'enquête. J'envisageais de prévenir le Père Schütz depuis l'Allemagne.

Alors que je rangeais mes affaires, mon téléphone sonna. Une voix féminine, branchée sur haut-parleur.

– Monsieur Avogaddro ? C'est l'infirmière de Carol. Rassurez-vous, elle va beaucoup mieux. Elle arrive à parler très doucement. Elle est à côté de moi, je vous la passe.

– Coucou sweetie ! Je ne vais pas tarder à te rejoindre. J'attrape un tapis volant demain.

Un filet de voix atone me parvint.

– Thel, tu as du popo dans les yeux !

À la bonne heure.

– J'ai bien reçu ta carte postale. On s'est bien fait baiser ! Et depuis le début !

23

Carol reposait, seule, dans une chambre à la lumière tamisée. Un drap blanc recouvrait la moitié de son corps. Sur sa table de chevet, un bouquet de fleurs parfumé. Elle se fendit d'un sourire, en partie entravé par la minerve orange qui maintenait son cou. Je ressentis un bien fou de la voir.

J'approchai d'elle et lui baisai le front. De larges traînées bleuâtres marbraient encore le dessous de son visage. Elle actionna une manette qui releva le dossier du lit. J'empoignai sa main, ému aux larmes.

– Salam aleikoum, susurrai-je. Je suis heureux de te voir. Je suis arrivé il y a une heure, mais tu dormais. Le médecin est très confiant : tu vas remarcher.

Un phrasé pâteux sortit de sa bouche :

– Tu sens le whiskey !

– J'en ai mis dans le café à l'aéroport ce matin. Juste une larme, histoire d'alimenter mes bielles. Une semaine sans une goutte d'alcool, sweetie !

– Tu n’as aucun mérite. C’est interdit dans les pays arabes, rétorqua-t-elle faiblement.

Mes pérégrinations africaines furent racontées dans le menu détail, l’épisode Ruth et Brenda mis à part. Une infirmière entra avec le déjeuner.

– Tu veux que je te donne à manger ?

Elle secoua négativement la tête. Je pris une profonde respiration et annonçai d’une voix chevrotante.

– J’… J’ai tué l’homme qui t’a sauvé la vie. Un type du Mossad.

Elle ne réagit pas, ne posa aucune question et réclama son ordinateur. Je me levai et le posai sur ses cuisses. D’un geste assuré, elle cliqua sur un dossier. Les deux faces de la carte scannée d’Ingrid Schwarzbrod apparurent, superposées.

Glissant la main sous son oreiller elle ressortit la carte que j’avais postée depuis Djibouti, qu’elle plaça à côté de l’écran. Son regard se tourna vers moi, animé d’une lueur de défi.

– Tu ne vois rien ?

Je me concentrai. Les cartes montraient le même endroit, la ville de Stone Town, prise d’un axe légèrement décalé. Seules les embarcations différaient, ce qui semblait normal. Elle retourna la carte.

– Regarde les dates en minuscule, susurra-t-elle.

Au bas du dos de la carte scannée était inscrit en petit *Stone Town 1945*. Celle provenant de Djibouti comportait la même.

– Et alors ? Elles ont été prises la même année.

Elle dodelina de la tête dans un geste exaspéré, puis rajouta :

– Regarde les palmiers maintenant !

Mon cœur bondit. Ceux de la carte d'Ingrid Schwarzbrod mesuraient bien six à huit mètres de plus !

Un photomontage ! Nous nous étions fait manipuler par un photomontage. Elle me serra fort la main, se racla la gorge et dit, les larmes aux yeux.

– Pour ce type, là… ce Yoni. Je suis certaine que tu n'avais pas d'autre choix.

24

Le vol Hambourg-New York m'avait éreinté. Je n'avais pu fermer l'œil, ressassant les éléments de l'enquête, furieux d'avoir été berné. Carol avait insisté pour poursuivre des recherches à partir de la carte.

La vue du skyline me réconforta. Je sentais de nouveau le nœud coulant que Big Apple vous passait autour du cou, dès que vous arriviez. Le dimanche matin, tout y était plus fluide. La ville avait rétrogradé de deux vitesses, pour se caler sur un overdrive ronronnant. Le quadrillage des grandes enfilades routières, barreaux dorés qui enfermaient les pires prédateurs, ramena Ruth dans mes pensées. Elle me manquait.

Je passai chez moi, déçu de ne pas y trouver Dexter. Un paquet de courriers envahissaient la boîte aux lettres. En manque de jazz, je mis un CD de Mal Waldron et restai un long moment sous une douche régénératrice. Le miroir me renvoya l'image de quelqu'un qui venait d'encaisser quinze rounds. Rasé et habillé, je laissai un mot à Dexter et me rendis au coffre de la banque pour prendre la carte, puis direction l'institut médico-légal. Le « beat » de la ville réanima tout à fait mes cellules.

Coup de chance, Hannibal était de garde. Il autopsiait un cadavre, en y mettant l'application d'un maître d'hôtel sur la découpe d'un gigot. Ses gestes précis allaient de pair avec la concision de ses remarques, enregistrées par le micro placé au-dessus de lui. Une fois sa fiche technique remplie, il éteignit la lueur blafarde du scialytique.

Surpris de me voir, il s'engagea dans le vestiaire et revint en tenue décontractée. J'acceptai la tasse de café et le suivis dans son antre. Un fourmillement de paperasses, de dictaphones, de radios, de scellés et de dossiers en souffrance encombrait la pièce. Seule relique vivante dans le décor cendré, une orchidée jaune et blanche, qu'il vaporisa délicatement avant de prendre place derrière son bureau.

– Tu as fini de jouer au pirate et tu es venu me filer ma part du magot ? Tu tombes mal. Ma femme demande le divorce et ce n'est pas le moment d'apparaître fortuné, vu ce qu'elle réclame.

Il me prit des mains les deux cartes.

– Encore ce truc ?

– Oui. Cela m'a même valu les sarcasmes de Carol. Les deux sont censées avoir été imprimées à la même époque. Tu vois les cocotiers, là. J'ai demandé l'avis à un botaniste allemand. Vu la différence de hauteur, il m'a certifié qu'il y avait au minimum trente ans entre les deux clichés. Il ne peut être plus précis. Une fois sa taille atteinte, le *Coco nucifera* ne grandit plus. C'est un photomontage. Étonnant que le labo ne l'ait pas détecté quand tu as demandé l'analyse ADN.

– Thel, les mecs ont fait le job demandé, sans plus. Ils sont débordés à la SIU[1]. J'insistai sur l'urgence. Il souleva alors d'autres scellés.

– Tout est urgent, Thel ! Là, j'ai une hache tachée de sang. Là, une balle, là une scie. Le tout en attente d'analyse pour trouver les colonels Moutarde. Trop de criminels, moins de crédit... Le foutoir, mon gars.

Le ton de sa voix indiquait qu'il allait tout de même faire le nécessaire.

– Viens-tu déjeuner ?

– Ne m'en veux pas, Hannibal. Je suis vanné. Tiens, une dernière chose, s'il te plaît.

Je posai les dernières radios de Carol et précisai :

– Elle pourrait remarcher.

Il les colla sur son caisson mural et les scruta attentivement.

– Chanceuse, ta protégée. À un millimètre près, ça n'aurait pas pardonné. Le gars a fait un boulot correct. Mais elle devra se taper une sacrée rééducation.

Un profond soulagement me gagna, non pas que je doute des médecins de Hambourg, mais rien ne valait le diagnostic de quelqu'un de confiance.

– Et ta cliente ?

– Elle semble dépérir de jour en jour. Appelle-moi dès que tu as des nouvelles du labo.

---

1. Scientific Investigation Unit.

Rentré au bureau, j'ouvris grand la fenêtre. Des nuages gris balayaient les tours arrogantes comme autant de taies sombres sur la vision idyllique d'un capitalisme américain au bord du gouffre. Je m'allongeai sur le canapé et le sommeil me gagna.

La sonnerie du portable me réveilla en sursaut. Dix-huit heures. Une lumière entre chien et loup baignait la pièce. Je maudis cette longue sieste et attrapai péniblement l'appareil. Hannibal.

– Bon, j'ai tes réponses. La carte est bien un photomontage. Le papier utilisé, les encres photographique et manuscrite sont récents. Un bâtiment en arrière de la ville a été effacé et remplacé par du ciel. Le timbre est d'époque. En revanche, la deuxième carte est bien de 1945.

– Qui peut maîtriser ça ?

– Un bon graphiste qui dispose d'un logiciel performant.

– Assez con, tout de même, pour avoir oublié d'effacer la hauteur des cocotiers !

– Con, ou… manipulateur !

Je le remerciai et convoquai Ingrid Schwarzbrod pour le début de soirée, qui m'assura pouvoir se déplacer.

Elle se présenta à l'heure, vêtue d'un tailleur chic. Des croissants bruns de fatigue soulignaient son regard. Elle s'affaissa dans le canapé. Je posai deux tasses de thé et procédai à un résumé précis en prenant des pincettes. Je tendis les deux photocopies des cartes et me fis péremptoire.

– Quelqu'un se moque de nous… ou de moi !

Elle sembla estomaquée et alluma fébrilement une cigarette.

– Que voulez-vous dire ? souffla-t-elle.

Je détaillai le compte rendu d'Hannibal.

– La carte est un faux ! On nous mène en bateau depuis le début. Et j'ai horreur de ça ! Pourquoi faire croire qu'elle a été postée en 1945 ?

– Écoutez, je vous promets que tout ce que je vous ai dit est vrai. L'avocat Bertram me l'a envoyée, en précisant qu'elle émanait de mon père. Je ne pouvais me douter que c'était un montage !

Il y eut un silence pesant. Comment savoir si elle n'avait pas monté elle-même ce coup tordu ?

– Bertram ne vous a rien dit d'autre ? En êtes-vous certaine ?

Elle leva les yeux au ciel et serra les lèvres en signe de désapprobation.

– Thel, je vous le garantis. Vous l'avez vous-même interrogé. D'ailleurs, si je vous ai bien compris, nous n'avons plus de piste et il n'y a plus d'or.

Elle farfouilla nerveusement dans son sac.

– Je vais vous faire un chèque. Pour l'ensemble des frais. Nous serons quittes.

Du genre à me laisser convaincre par une impression plutôt que par un raisonnement, son aplomb et le timbre de sincérité me désarçonnèrent.

– Mettez-vous à ma place, Ingrid ! J'ai failli perdre ma coéquipière dans cette connerie. J'ai quelque chose à vous avouer. Il se pourrait que votre père soit encore vivant.

Un coup à l'estomac ne lui aurait pas procuré pire effet. Je la laissai digérer l'information. Je me levai et arpentai la pièce, tout en réfléchissant à voix haute, davantage pour moi-même qu'à son intention.

– On perd la trace de votre père à Moka en 45. Nous savons qu'il tente de rejoindre sa famille. Il se débrouille pour rentrer aux États-Unis avec les quelques pièces d'or dont il dispose. Que fait-il logiquement ? Il vous recherche. Patatras : il apprend que sa femme est morte. Re patatras, sa fille a disparu, puisqu'elle a changé de nom !

J'avalai une gorgée de thé et enchaînai mon monologue.

– Plus de cinquante ans après, le cabinet d'avocats vous fait parvenir la carte en vous disant qu'il est décédé. Première hypothèse, votre père l'a réellement écrite, mais en faisant croire qu'elle a été postée à votre mère en 1945 de Zanzibar. Et je ne vois qu'une seule explication : vous permettre de remonter dans le temps, de comprendre un pan de son histoire. Je ne suis pas loin de penser que le but recherché était là.

J'écartai les bras en signe d'impuissance. Elle exhala un jet de fumée qui m'encercla comme une pieuvre. Je repris place face à elle et pesai mes mots.

– Soit il n'est effectivement pas mort, comme le souligne le Mossad, et j'ai tendance à les croire.

Ses yeux s'écarquillèrent. Je poursuivis le raisonnement.

– On n'a aucun acte de décès ! Rien ! Son commandant Alexander Möhlmann, de deux ans plus âgé, est encore alerte, même s'il n'en a plus pour longtemps. Martesäcker idem. La concordance de la carte avec votre... fin prochaine m'interpelle. Cela tendrait à prouver qu'il est vivant. Et qu'il ne doit pas être bien loin.

Elle porta une nouvelle cigarette à ses lèvres, encore entourée de la fumée de la précédente et d'un geste de la main m'encouragea à continuer.

– La carte est arrivée entre les mains du Cabinet Bousquié. Eux ignorent peut-être que votre père est vivant. Mais il y a de quoi allécher n'importe qui en lisant les lignes. Certains tueraient père et mère. Ils peuvent raconter ce qu'ils veulent. Mais surtout, comment vous ont-ils retrouvée ? Mystère.

– Ce qui signifie ?

– Que j'ai hâte que nous allions nous frotter à eux.

– Nous ?

– Faites vos valises, Ingrid. Je vous emmène à Cincinnati. Vous vous en sentez capable ?

La lueur dans ses yeux me rassura. De toute manière, je ne lui aurai pas laissé le choix. Je mis fin à l'entretien et la raccompagnai en la soutenant. En se refermant, la porte isola la pièce dans un calme bienvenu.

Je relus le passage de mes notes sur l'entretien avec Martesäcker, au Yémen. Il imaginait mal Schwarzbrod ne pas avoir fait fructifier son don. J'échafaudai alors une hypothèse sur une possible réussite financière. Il n'y avait pas trente-six moyens de faire fortune, en partant de pas grand-chose. Soit on montait une, voire des sociétés, qui prospéraient ou que l'on revendait. Soit on procédait à de bons choix boursiers. Surtout lorsqu'on possédait un don. J'attrapai mon agenda.

Damon Pritch avait quinze minutes de retard. C'était un vieux copain, journaliste économique au *New York Times*. Il avait accepté un petit-déjeuner au pied de son bureau. À la distribution des cerveaux, il avait été chanceux. Un renard, dans mon analogie aux animaux. La cinquantaine avancée, rusé, bien informé. Dans le passé, j'avais arrangé le coup avec les stups au sujet de son fils aîné qui s'était fait choper avec de la cocaïne.

L'été indien semblait installé pour de bon. Nous choisîmes une table en terrasse et échangeâmes des nouvelles personnelles jusqu'à l'arrivée des boissons chaudes et des scones.

– Tu vis Noël tous les jours, non ?

– Putain ! Pour vendre du papier, on en vend. Ça dégueule de partout. La crise est plus profonde qu'on ne le pense. Même le café de Billy n'a plus de goût !

Billy était le patron du *Love Truck*, un camion ambulant qui livrait sa dose de caféine quotidienne au monde de la finance, à l'angle de Wall Street et de William Street. Pritch s'essuya la bouche, commanda un autre café et s'enquit de ce que je voulais.

– J'ai eu une idée, peut-être totalement farfelue, mais qui se trouve confortée par la lecture de la presse qui regorge de ces nouvelles tendances. Imagine un type qui a l'oreille absolue, un peu d'argent, qui soit inventif et féru de techniques dans le son et qui se passionnerait pour la bourse. Y a-t-il des valeurs dans ce domaine qui lui auraient permis de faire fortune ?

– Tu parles ! Surtout dans les nouvelles technologies ! Hi-fi, son, commandes vocales dans l'automobile, etc.

Peut-être pas de quoi devenir Warren Buffet, mais assez pour amasser un bon paquet si on s'y connaît. Il n'y a qu'à voir les cours des actions des fabricants d'appareil auditifs. Des fonds sont spécialisés là-dedans. Que souhaites-tu exactement ?

– Checker les mouvements boursiers d'une société d'investissement dans ces domaines.

Damon se mit à triturer sa cuillère.

– Il n'y a que la SEC qui pourrait te le dire, et... tu sais que c'est illégal.

La *Securities and Exchange Commission* était le gendarme de la bourse. Elle veillait à l'application stricte de la réglementation et surveillait fraudes, malversations financières et autres délits d'initiés. Des bouledogues.

– Damon, je ne l'ignore pas. Tu m'avais dit un jour avoir un très bon pote chez eux. Si tu ne peux pas, ce n'est pas grave, affirmai-je sur un ton sincère.

Il oscilla un long moment sur la ligne jaune, ne sachant de quel côté il allait basculer. Tiraillé entre renvoyer l'ascenseur et la peur de griller une source. J'enfonçai le clou.

– L'enquête est très privée, Damon. Rien ne filtrera, je te le garantis.

– Thel, tu fais vraiment chier, là.

– D'habitude, ce sont les femmes qui me le disent.

Il esquissa un sourire. Gagné.

– Tu as un nom ?

– Ce serait trop facile...

– Ouf ! Je peux essayer. Il te le faut pour quand ?

– Asap.

Dexter déambulait dans le loft, une partition musicale au bout du bras, son sax ténor près de lui. Il fredonnait un thème, au tempo du claquement de ses doigts.

– Une compo ?

– Hey, Thel. Je ne t'ai pas entendu rentrer. Oui, inspirée de *Bye bye blackbird*. Elle me revient en mémoire, maintenant. Sans raison. Je l'arrange.

Je l'encourageai et lui demandai combien il en avait composé.

– Quatre. Ton appart m'inspire, même s'il manque un piano.

– Je te promets que si je fais fortune un jour, je te produirai. Tu as déjeuné ?

– Non. Et le frigo est vide.

– Laisse tomber. Je t'invite à la trattoria, au bout de l'avenue.

Je regagnai le bureau à quinze heures. Au cours du repas, Dexter avait évoqué le quintet idéal avec lequel il aurait souhaité enregistrer. Heureux de le voir animé de projets, j'avais donné mon avis sur les musiciens pressentis.

Je payai deux billets pour un aller-retour à Cincinnati le lendemain et informai Ingrid de l'horaire.

Seul, accoudé à la fenêtre, je me laissai gagner par la mélancolie nocturne en grillant des cigarettes. Une résille d'étoiles illuminait Big Apple. Rien à voir cependant avec le ciel africain. Au-delà de l'Atlantique s'éveillait la savane, dont l'odeur musquée caractéristique me manquait. Ruth et Dafna avaient toutes deux, à leur manière, relevé mes problématiques existentielles.

Mais avant de chasser mes propres fantômes, il fallait déjà attraper celui d'Henry Schwarzbrod.

25

CAROL SE SENTAIT D'HUMEUR GUILLERETTE. Son état s'améliorait de jour en jour. Sa voix prenait de plus en plus d'amplitude. Elle s'était habituée à la minerve. Toutes ses terminaisons fonctionnaient et la venue de Thelonious lui avait procuré un baume régénérant.

Après sa séance de soins, elle se brancha sur un site de philatélie. Par chance, un spécialiste accepta l'échange de mails. Une planche de plusieurs timbres de Zanzibar, de différentes époques, s'afficha sur l'écran. Celui de la carte y figurait. Elle demanda à son interlocuteur s'il savait où s'en procurer. Il lui répondit par l'affirmative, lui promettant d'effectuer des recherches plus précises.

Peu de temps après, elle reçut un message de lui qui incluait des coordonnées. Bien que le timbre de Zanzibar n'intéresse pas grand monde sur la bourse d'échange, l'un d'eux venait d'être acheté deux mois plus tôt, à un particulier collectionneur – Monsieur John Percie – retraité dans le Sussex.

L'excitation s'empara d'elle. Elle lui écrivit aussitôt.

26

Les mots dégoulinaient de la bouche de Damon Pritch. Je m'excusai auprès d'Ingrid et sortis de l'aérogare pour mieux entendre. Le vol pour Cincinnati décollait dans une vingtaine de minutes.

– Mon pote a screené les mouvements importants des dix dernières années sur des valeurs et des fonds spécialisés. Un groupe se détache, au portefeuille très diversifié et très actif. Beaucoup dans les *start-up*, dont les participations sont vendues en règle générale trois ans après.

Je tendis une oreille de circonstance.

– Ça va des sociétés d'implants auditifs comme Esteem, de logiciels de reconnaissance vocale dans l'avionique et l'automobile, de télécom comme Voice processing, Scott instruments, Katalavox en chirurgie. En audition Phonak, Oticon, Starkay, Audika. Il y a aussi des actions dans des secteurs qui développent de l'interactivité vocale via Google, IBM, etc.

Mon calepin se noircissait de notes, au fur et à mesure. Damon poursuivait sur sa lancée. Le groupe avait démarré il y a de nombreuses années, en prenant des parts dans des valeurs très classiques : Exxon, US Steel… puis dans des actions high-tech dans les télécoms et le son. Il ne s'était réellement positionné sur un fond « audio » que depuis quinze ans, à la naissance du marché, en fait. Avec succès.

– Payé comment ?

– En dollars. Par des sommes progressives. En provenance de plusieurs agences boursières.

– Peut-on réaliser ce parcours en partant de pas grand-chose ?

– Pas facile de te répondre. Tout est possible dans notre bonne vieille Amérique. Les « culbutes » rapides étaient à la mode, il y a des dizaines d'années, pour quelqu'un de malin. Je pense tout de même qu'il fallait du cash au départ.

– And the winner is… ?

– Le groupe Gearolden. L'ensemble pèserait deux milliards de dollars aux cours actuels. Il est basé au Lichtenstein. La structure juridique est une Anstalt.

– Peux-tu être plus précis ?

– Une société qui peut détenir des participations, brasser beaucoup d'argent. Avec les titres au porteur dans un simple acte. Disposer de l'acte, souvent une simple feuille, fait de toi le richissime propriétaire du groupe. Tant qu'on ne met pas la main sur le papier, on n'a aucun moyen de remonter au détenteur. Mais il y a autre chose. De grave.

Il farfouilla.

– En fait, mon correspondant de la Sec n'était pas étonné que je m'y intéresse. Ils ont eu un doute récent, basé sur un détail étonnant : la Gearolden a pris position sur une valeur, mais une autre société en avait fait de même juste avant. Comme la Gearolden en a acheté un gros paquet, le cours de l'action s'est mis à monter. L'autre a alors vendu ses titres et s'est enrichi. Quelqu'un se fait du gras en anticipant les choix de la Gearolden. Ça sent le délit d'initié. La Sec a envoyé une convocation.

– Mais putain, qui sont ces gars ?

– Thel, ma taupe ne pouvait pas me le dire, tu peux le comprendre. Tout est confidentiel. Tu imagines déjà les risques qu'il prend en me confiant tout ça ? Il a néanmoins bien voulu me préciser que les ordres de la société « copieuse » proviendraient de Cincinnati.

– Damon, je t'en prie. Essaye d'avoir un nom. Fais ton possible.

Tandis qu'Ingrid somnolait depuis le décollage, je dévorai le livre de bord de Möhlmann, tout en ressassant les infos de Damon. Je griffonnai à mon tour sur une serviette fournie avec la boisson. Un rictus de satisfaction barra mon visage. J'attendais le moment idoine pour partager ma découverte. Il restait un quart d'heure avant la descente sur le Northern Kentucky International Airport. Le bon moment. J'interpellai Ingrid doucement.

– Je m'étonne que vous n'ayez fait aucune remarque sur l'existence de la Gearolden, au Lichtenstein, lorsque je vous en ai parlé.

L'entretien avec Damon Pritch lui avait été conté dans le détail. Elle tourna vers moi un regard étonné.

– Si, si ! Deux milliards… c'est énorme !

– Et ce n'est que le portefeuille boursier. Il y a peut-être de l'immobilier, des comptes offshore…

– On va tellement de surprise en surprise que je ne sais plus quoi penser. Rien ne prouve qu'il s'agit de l'Anstalt appartenant à mon père.

– Vous permettez ? demandai-je, en prenant son crayon des mains.

Je pensai à Dexter et j'imaginai sa mimique de satisfaction, s'il avait été là. Détachant les lettres, j'écrivis « Gearolden » sur ma serviette en papier et la lui glissai.

– Et là ?

Elle fronça les sourcils quelques minutes, puis se tourna vers moi, l'œil admiratif.

– Quand avez-vous compris ?

– À l'instant, après plusieurs essais Un facétieux, votre père ! Il vous faudra remercier un copain saxophoniste. Lui aussi a failli devenir *« golden ear »* !

Un ciel berlingot nappait Cincinnati, la cité des sept collines, mais aussi en son temps un arrêt important de l'*Underground Railroad*, le train qui avait aidé de nombreux esclaves à s'échapper des États du Sud. Soufflant de l'Ohio, une légère brise émoussait la chaleur du début d'après-midi.

Le Cabinet Bousquié se situait à quelques encablures du Queen City Square. Un immeuble moderne en verre, devant lequel finassaient des employés en mal de nicotine.

Nous pénétrâmes dans un vaste hall en marbre, équipé d'une verrière sous laquelle s'écoulait une chute d'eau qui épousait une paroi ardoise. La batterie d'ascenseurs, bondée en ce retour de déjeuner, tintait au rythme des va-et-vient. Ingrid s'assit, épuisée.

L'hôtesse d'accueil, le genre oxydée de partout, fit sa mijaurée, mais se calma très vite en voyant ma carte. Bien que je n'eusse aucun droit d'exercer, et surtout dans cet État, l'écusson impressionnait toujours. Ses jambes potelées, juchées sur de hauts talons s'enfuirent dans un bruit de castagnettes à la recherche de Peter Bertram.

Les bureaux occupaient les quatre premiers étages. La salle d'accueil comportait un large divan et des fauteuils. Quelques aquarelles sans intérêt ornaient les murs blancs. Une fontaine me permit d'étancher ma soif et je me passai le gobelet sur le front pour me rafraîchir. Sur une table basse s'étalaient les newsletters du cabinet. Au sein de la clientèle, assez diversifiée, de nombreux organismes humanitaires.

La partie s'annonçait serrée, et nous étions muni de présomptions à faire éclater de rire n'importe quel jury. Bertram devait être poussé dans ses retranchements, coûte que coûte. Ingrid demeurait étrangement calme, le regard absent. Le staccato des talons de notre hôtesse me fit lever les yeux.

– On va vous recevoir.

Nous la suivîmes dans l'ascenseur. Elle nous guida jusqu'à une grande salle de réunion au quatrième, qui offrait un panorama spectaculaire sur la ville et sur le magnifique pont suspendu de Covington. Nous prîmes place derrière une imposante table en verre fumée. De nombreuses icônes religieuses habillaient les murs.

Peter Bertram entra d'une démarche assurée. Nul besoin qu'il se présentât, tant il était conforme à l'idée que je m'en étais faite. Une fouine, de petite taille, vêtu comme un as de pique. Il salua Ingrid de façon onctueuse et, passé l'étonnement de me voir là, tendit une main moite dont j'écrasai les phalanges au passage. Le genre de poignée qui vous collait pour la journée une odeur bon marché.

– Quelle surprise ! Nous n'avions pas rendez-vous, je crois, Madame Malowre.

Ingrid lui rendit son sourire.

– Effectivement. Pardonnez notre démarche un peu cavalière, mais Monsieur Avogaddro a insisté pour que nous nous rencontrions au plus vite.

– Oui, oui, bien sûr. J'ai fait annuler d'autres rendez-vous dès que j'ai su que vous étiez là. Monsieur Avogaddro, ravi de mettre un visage sur votre voix.

Je calmai sa poussée d'euphorie feinte en attaquant bille en tête, comme lors de notre entretien téléphonique.

– Dites-moi, c'est une annexe religieuse ici !

Il esquissa un sourire.

– Effectivement, Monsieur Bousquié est très croyant. Il fait même un sermon avant chaque conseil d'administration du cabinet.

– Comment avez-vous eu connaissance de l'adresse de Madame Malowre ?

Il marqua un mouvement de recul.

– Heu… que voulez-vous dire ?

– Vous l'avez bien appelée pour qu'elle vienne chercher la carte. Or, vous n'aviez en main que le nom de Schwarzbrod.

– Ha oui, je vois. Tout simplement parce qu'on m'a donné son adresse et son numéro.

– Qui ?

– Monsieur Bousquié. Il me semblait vous l'avoir déjà précisé au téléphone.

– Saviez-vous que la carte était un faux ?

Il parut franchement étonné.

– Un faux ?

– Vous m'avez parfaitement entendu. Elle a été fabriquée récemment.

Il se contorsionna sur sa chaise.

– Je n'y suis pour rien ! On me demande de remettre une carte, je m'exécute.

– Nous voudrions vérifier que c'est bien Monsieur Schwarzbrod qui l'a rédigée. Disposez-vous de son écriture manuscrite sur des documents ? Nous pourrions ainsi faire une analyse graphologique.

– Je vous l'ai déjà dit, mon rôle se bornait à remettre une carte postale. Tout ce qu'il y a autour relève du secret le plus absolu.

Il se retranchait toujours derrière son statut de « *lawyer* », qui faisait aussi office de gérant de biens et d'exécuteur testamentaire. Nul ne pouvait l'obliger à divulguer ses informations.

La moutarde me montait au nez. Ingrid tenta de me calmer d'une mimique, mais je me levai afin de l'empoigner. La porte s'ouvrit alors. Un homme âgé, habillé d'une chemise empesée sous un costume strict, entra dans la pièce d'une démarche claudicante. Il y avait fort à parier qu'il nous avait espionnés.

Il en imposait. Dans les quatre-vingt-dix ans, râblé, les yeux bleus, une chevelure en vagues argentées. Un collier de barbe blanche soulignait la proéminence de ses mâchoires. Au revers de sa veste, un crucifix doré. Dans l'allure, quelque chose d'impatient.

Ingrid se leva instinctivement, blême, les lèvres balbutiantes. Des regards intenses s'échangèrent entre eux, dans une totale restriction de mouvements. Je crus y déceler une pointe de tendresse.

Bertram essaya de se redresser. D'un geste impérieux, le vieillard lui indiqua de rester assis. Le silence retomba. L'homme prit place en bout de table et croisa ses mains meurtries d'arthrose devant lui. J'observai Ingrid, puis lui, puis de nouveau Ingrid, toujours pâle. Bertram prit la parole d'une voix fluette.

– Monsieur Bousquié, je vous prés…

– Je sais qui ils sont, Peter, coupa-t-il d'une voix caverneuse. Ing… Madame Schwarzbrod, grâce à Dieu je… je fais enfin votre connaissance. Très touché. J'ai été le conseiller de… votre père.

Il tourna son masque de cire vers moi.

– Monsieur Avogaddro, je suis le fondateur de ce cabinet. J'avais entendu parler de votre pugnacité en tant que policier et, à ma demande, Monsieur Bertram a glissé vos coordonnées à Madame Malowre.

Quelques secondes s'écoulèrent.

– Bertram a tout à fait raison, quand il vous dit qu'on ne peut dévoiler nos sources. C'est la loi en vigueur ici.

Je m'adressai à lui.

– Schwarzbrod est-il toujours en vie ?

Il écarta les bras et répondit :

– J'ai bien peur de ne pouvoir vous répondre.

– Ne finassez pas ! Nous sommes au courant de son Anstalt.

Bousquié fronça les sourcils et me scruta. Je poussai l'avantage jusqu'au bout.

– Qui est derrière la… Gearolden ?

Ils eurent tous deux un mouvement de recul, retournant la situation dans leur tête dans un silence de mort. J'en profitai pour détailler les traits de Bousquié et d'Ingrid.

– Nous ne pouvons rien vous dire, répondirent-ils de concert.

Je sortis de mes gonds.

– Vous vous foutez de notre gueule ! Deux milliards d'actifs, sans compter le reste. Où est l'acte de propriété de l'Anstalt ? Où est Schwarzbrod, s'il n'est pas mort ? hurlai-je en tapant du poing sur la table.

Ingrid sursauta. Bousquié eu une expression amusée.

– Je suis un vieil homme, mais vous ne m'impressionnez pas, Monsieur Avogaddro. J'en ai vu d'autres. Beaucoup d'autres, si vous saviez… Vous n'obtiendrez rien de moi.

– Qu'est-ce qui nous prouve que vous n'avez pas détourné l'héritage de ma cliente, en dérobant l'acte ?

Il joua avec sa chevalière, un gros pavé doré ostentatoire. Sa mâchoire tremblait légèrement. Ses yeux crachèrent le venin.

– Monsieur, vous êtes ici chez Austin, Bousquié et Watt. Un cabinet de réputation internationale. Nos clients vont de Procter & Gamble à Boeing et…

– De grandes causes humanitaires, à ce qu'il paraît ! Comme si vous aviez quelque chose à vous reprocher. Un passé un peu lourd, peut-être ?

– Ne poussez pas le bouchon trop loin, ou vous pourriez vous retrouver avec un procès.

Le livre de bord atterrit devant lui.

– Et Möhlmann, ça ne vous dit rien ? m'énervai-je.

Il tressaillit, puis repoussa le carnet des deux mains.

– N'insistez pas, Monsieur Avogaddro.

Il m'ignora et détourna son attention sur Ingrid.

– Ingr... Madame Schwarzbrod, navré de ces échanges. Je comprends votre peine, mais je n'ai le droit que de ne rien dire. C'est la loi. Quoi qu'il soit devenu, sachez juste que votre... père était un type exceptionnel. Croyez bien qu'il a mis une énergie sans pareille pour vous retrouver. Allant même jusqu'à recruter une équipe de détectives de Pinkerton, qui a fini par tomber sur vous. Heureusement. Nous avons ainsi pu avoir vos coordonnées. Mais... il n'osait pas vous rencontrer. Tant... tant de temps s'était écoulé... vous comprenez...

– Pour quelles raisons, voyons ?

Quelques minutes s'égrainèrent avant qu'il ne réponde.

– Il a été perdu lorsqu'il a appris la mort de votre maman. Une femme formidable. Une partie de lui s'est... effondrée. Ce n'était plus le même homme. D'ailleurs, il n'a jamais refait sa vie et n'a pas eu d'autres héritiers non plus. Pour le reste, je... je suis tenu au secret. Je suis vraiment navré.

Le rôle de la mouche qui se cognait inlassablement sur la baie vitrée commençait à m'irriter sérieusement. L'envie de les scotcher au mur ne me manquait pas, mais il ne servait à rien d'insister. Suffisamment rompu aux interrogatoires, je savais que le vieux ne lâcherait pas le morceau. Je décidai une dernière tentative.

– Vous êtes deux voyous qui cherchez à vous emparer de l'Anstalt.

Ils baissèrent la tête. Je me levai furieux et fis un signe à Ingrid, qui resta assise, fascinée par le personnage. Je lui glissai dans le creux de l'oreille de me rejoindre en bas de l'immeuble. Dehors, la chaleur ajouta une couche de sueur à mon état de fatigue avancé. Curieuse affaire, inextricable, et pourtant le sentiment d'être proche du but m'envahissait.

Ingrid sortit de l'immeuble une demi-heure plus tard, maussade, le visage marqué. Nous prîmes une collation dans un Tex Mex. Je lui laissai le temps de se reprendre. Le vol retour décollait trois heures plus tard.

– Alors ?

Elle eut une moue désabusée.

– Je… c'est étrange, j'avais le sentiment d'être en face de lui. Mais, dès que je m'approchai de trop près, il se retranchait derrière son secret juridique. Il… il m'a proposé de rester ce soir et de dîner avec lui.

– Et que comptez-vous faire ?

Elle prit le temps de la réflexion. Finalement, elle soupira.

– Je… je ne me sens pas en état. Je lui ai dit. Il semblait très déçu. Croyez-vous que j'aurais dû accepter ?

– Vous êtes seule juge. Leur version semble bien au point. Je vais réfléchir à une autre issue.

Des larmes coulèrent et son visage fut secoué de sanglots.

– Oh Thel, aidez-moi, supplia-t-elle. Je me sens à bout. Je… je suis perdue. Je n'ai plus de ressources.

Elle pleura de plus belle. Je lui tendis ma serviette en papier.

– Séchez vos larmes, Ingrid. Je vous promets que nous aurons le fin mot de l'histoire rapidement. Ne vous laissez pas emporter par les sentiments. Si ça se trouve, nous avons à faire avec deux gros salopards. Au seul prétexte qu'ils ont la loi pour eux. Et le pire c'est que Bousquié arbore une croix religieuse ! Ils cherchent à gagner du temps.

– Ils… ils attendraient ma mort pour s'emparer du titre de l'Anstalt ?

Je ne répondis pas.

Ingrid avait préféré rentrer avec moi. Elle nageait dans un état second. Jane Clear accepta de me prodiguer une séance d'ostéopathie. Je m'abandonnai entre ses mains expertes, l'esprit en roue libre. Une heure après, un peu sonné, les jambes lourdes, en rencontrant mon reflet sur l'écran de l'ordinateur, j'eus l'impression que mes neurones avaient subi un reset salvateur.

Je revoyais Bousquié avec sa croix. Puis la posture de père blanc de Mölhmann occupa mes pensées. La connexion religieuse très forte entre les protagonistes de l'histoire me sauta alors aux yeux. Fébrile, je fouillai mes notes et tombai sur le passage sur l'école des Pères Blancs de Berlin.

Il fallait en avoir le cœur net.

27

CAROL avait passé une nuit calme. Aidée d'un médecin, elle avait pu mettre pied à terre et faire quelques centimètres à l'aide d'un déambulateur. La joie d'un gosse effectuant ses premiers pas s'était alors emparée d'elle. Le reste de la matinée fut consacrée à la mise en place de la rééducation.

Après une longue sieste, elle se connecta. John Percie, le collectionneur de timbres retiré dans le Sussex, lui avait laissé un message.

> « Bonjour, suite à votre mail, j'ai effectivement vendu il y a deux mois un timbre de Zanzibar, de 1945. Vingt Livres. »

Carol répondit.

> « Merci. Pouvez-vous me dire à qui ? »

Elle attendait fébrilement la réponse, doigts levés sur le clavier. Percie réagit dans la minute.

> « J'ai reçu l'appel d'un homme. Nous nous sommes mis d'accord sur le prix. Un chèque est arrivé dans une enveloppe. J'ai posté le timbre à une adresse que je n'ai pas conservée. »

Carol soupira.

« Qui était l'émetteur du chèque ? »

La réponse fusa.

« Je crois me souvenir qu'il s'agissait d'un cabinet d'avocats de Cincinnati. »

Elle s'empressa de rappeler Thelonious. Il était sur messagerie.

28

LE ZINC EFFAÇA LA PISTE de l'aéroport de Berlin, à l'heure. Je baillai profondément, mâché par la succession de décalages horaires.

Troisième avion de la journée, après celui qui m'avait déposé à Hambourg, où j'avais échangé mes impressions avec Carol, de plus en plus pimpante. Elle enrageait de ne pouvoir m'accompagner pour le dernier acte. Il était prévu qu'elle regagne les États-Unis dans une vingtaine de jours.

Un taxi me conduisit à l'Afrika Center, au 3 Hohenstraufenstrasse, dans une contre-allée verdoyante, devant une bâtisse de type victorien, rouge brique en partie haute, structurée autour d'un Bow-window blanchâtre. L'école catholique Saint-François, reconnaissable par un mur peint coloré se situait à proximité. La terrasse du Kau Kau, un café jouxtant le centre, m'offrit un break. Face à la maison des Pères Blancs, non loin de l'église et de façon anachronique, un magasin de remise en forme et de beauté de la chaîne « Bordel ! ». Ça ne s'invente pas.

Café et viennoiseries nichés en cataplasme salvateur, je me dirigeai vers l'entrée du centre et demandai à parler au directeur. Le Père Devriesère, la bonté faite homme, ancien responsable de la Maison des Pères Blancs au Malawi, habillé d'une chemise en laine à carreaux et d'un pantalon beige trop ample pour lui, accepta de me recevoir. Sourd comme un pot, mais attentionné face à ma demande. Il farfouilla dans des classeurs et extirpa plusieurs photos de promotions de Pères Blancs.

– 1943 vous dites… Tenez, voilà la promo de cette année-là. Y figurent aussi ceux qui sont venus en stage de théologie.

Le cliché noir et blanc dévoilait des hommes tout sourire, debout et assis sur des chaises, faisant face à l'objectif. Je détaillai chaque personnage et les noms correspondants. Déçu, j'en réclamai d'autres, plus récentes. Rien ne m'intéressa sur celle de 1944 et je me focalisai sur les années 1945 et 1946.

– Auriez-vous une loupe, s'il vous plaît, mon Père ?

Il m'en tendit une. J'orientai la lampe de bureau et passai en revue les visages, un à un. Trois hommes de la prise de vue de 1946, qui se tenaient bras dessus, bras dessous, retinrent mon attention.

J'inspirai profondément avant de lire leurs noms : Jack Bousquié, Alexander Möhlmann et Henry Schwarzbrod.

Contenant un mélange de joie et de soulagement, je contactai Ingrid et lui demandai de se préparer à prendre de nouveau l'avion au plus vite.

29

JE RELUS LES PAGES DU LIVRE de bord relatant le trajet entre Le Cap et Zanzibar. Les derniers doutes s'envolèrent.

Sans me soucier du décalage, je joignis Michel Moscardini, à Bagamoyo. Une voix pâteuse répondit.

– Hé, Thel, ça gaze ?

– Je te réveille ?

– Ben, il est un peu tôt, ici. Qu'est-ce qui t'amène ?

– Ta tête de fripouille et tes homards me manquaient. Dis-moi, tu vois le cimetière des Pères Blancs dans la mission ? Te serait-il possible d'aller voir discrètement les noms inscrits sur les tombes ?

– En v'là une drôle d'idée !

– Michel, Je compte sur toi. Je t'expliquerai.

Je sortis dîner dans un pub voisin, mais je n'avais pas faim. L'adrénaline nourrissait mes veines en injection continue. Les bières se succédèrent devant mes yeux vaguement attirés par un match de football, retransmis sur les écrans muraux. Une sonnerie. Il ne lui avait pas fallu bien longtemps.

– Tout l'monde roupillait encore. T'as d'quoi noter ?

Il y avait cinq Pères Blancs d'enterrés. Ne figuraient sur les croix que les initiales, comme sur les tombes de l'équipage du sous-marin. JJR, AM, SH, JD et AD. J'en savais assez.

M'extirpant du pub, j'allumai une clope. Mes yeux étaient autant embués par l'alcool que par le vent frissonnant. Je retournai toutes les hypothèses. La sonnerie de mon portable s'excita. Damon Pritch me rappelait. Ce qu'il dit alors coula comme une gorgée de miel.

Je me décidai à appeler Ingrid.

– Rassemblez vos forces. Je crois savoir où votre père repose.

30

Michel attendait à bord de son vieux Land Rover. Ingrid débarqua une heure et demie plus tard, via une escale à Nairobi. Son état s'était encore aggravé.

Une ondée matinale s'abattait sur Dar Es Salaam. Nous nous acheminâmes vers Bagamoyo, que nous atteignîmes aux alentours de midi. Partis s'accrocher sur les contreforts du Kilimandjaro, les nuages laissèrent un ciel pur.

Pendant qu'Ingrid prenait ses quartiers, je listai ce qu'il convenait de faire. Une fois parés, Ingrid et moi déambulâmes à son rythme, au milieu des ruelles fascinantes, jusqu'à la mission.

Le Père Schütz, appuyé sur une canne, débardeur bleu marine et large chapeau de paille, discutait dans le potager avec deux membres de sa congrégation. Il semblait avoir pris dix ans depuis la dernière fois. Les traits tirés, son visage marqué des séquelles de ses blessures resta de marbre lorsque nous nous approchâmes.

– Père Schütz, ravi de vous revoir. Je vous présente Ingrid Malowre, de son vrai nom Ingrid Schwarzbrod.

Il ne cilla point et accepta la main fine tendue. Sur ses lèvres, la trace d'un sourire chagriné.

– Bagamoyo vous manquait ? marmonna-t-il.

– Il y a un peu de ça, mais je souhaitais surtout vous parler des autres membres de votre équipage.

– Vous les avez retrouvés ? Formidable ! Venez me raconter cela dans ma villa. Moses, John, finissez de gratter les canaux d'irrigation, précisa-t-il à l'attention des deux hommes, des Africains vaillants, au torse luisant.

Il s'engagea en claudiquant vers l'allée centrale et nous le suivîmes. Un vent salé rafraîchissait nos coulées de sueur. J'avançai à sa hauteur et le pris par le bras.

– Mon Père, verriez-vous un inconvénient à ce que nous fassions un crochet par le cimetière des Pères Blancs ?

La question le cueillit sur place. Il souleva le bord de son chapeau et s'épongea le front et se retourna, la mine grave.

– Si vous y tenez…

Ingrid suivait difficilement, sans mot dire, en bermuda blanc, sandalettes de marque et chemisier coloré, protégée par un chapeau de paille. Arrivé aux murets de chaux délimitant les tombes, il marqua une pause, Ingrid sur ses talons.

J'en profitai pour avancer et détailler les initiales sur les croix. Je m'arrêtai devant l'une d'elles, protégée par l'ombre d'un manguier, et les invitai à me rejoindre. Schütz, plongé dans son mutisme, se débarrassa de son chapeau et fit face à la sépulture. Il tremblait au bout de sa canne. Les lettres AM étaient gravées sur la croix.

– Ingrid, voilà votre père.

Elle resta bouche bée, puis réussit à articuler.

– Ma… Mais, les initiales ne correspondent pas !

J'observais Schütz. De grosses gouttes perlaient sur son front. Bras croisés, je fis un geste du menton, bravache.

– Vous avez raison. Ce sont les initiales d'Alexander Möhlmann. Le vrai.

Il y eut un silence pesant. Je me tournai vers Schütz.

– N'est-ce pas, père Schütz ? Ou peut-on désormais vous appeler Henry Schwarzbrod ?

La véranda de sa villa apporta une fraîcheur bienvenue. Je les avais laissés, pour des retrouvailles qui n'appartenaient qu'à eux. Le soleil se couchait dans des lueurs ardentes. Les effluves de jacaranda et de citronnelle baignaient l'atmosphère.

Ingrid et son père arrivèrent, enlacés. Ingrid séchait ses larmes. Un baume réparateur semblait s'être glissé sur sa peau. Henry Schwarzbrod prit place dans son fauteuil et soupira profondément. La nuit était tombée comme un couperet. Le reste de la mission somnolait déjà. Il alluma la véranda, but une gorgée de citron pressé et s'adressa à moi.

– Comment avez-vous compris ?

J'avalai une gorgée à mon tour.

– Votre blessure à l'épaule qui ne correspondait pas à celle du livre de bord de Möhlmann, touché au cou. Le fait que vous ayez détourné l'attention du guide au moment d'entrer dans le cimetière, lors de ma première visite. La forte connexion religieuse et votre séjour à Berlin où je vous ai reconnu sur la photo. Et le jeu de mots Gearolden, bien sûr. Mais l'élément déclencheur a été le photomontage. Comprendre votre parcours en temps de guerre, vos souffrances endurées avec l'équipage et vous retrouver étaient bien les buts recherchés, n'est-ce pas ?

Il balaya l'air d'un geste ample. Ingrid lui caressa la joue, émue aux larmes.

– En tant que second, je me devais d'amener l'équipage sain et sauf au Yémen. Une fois à Moka, j'ai repris un boutre pour rejoindre Alexander, ici. Il avait déjà commencé un formidable travail à la mission. L'histoire où je m'étais promis de donner mon âme à Dieu, si je réchappais du sous-marin coulé était vraie. Mais il y avait ma femme et ma fille. J'ai regagné les États-Unis avec l'accord d'Alexander. Il avait été mon commandant et, même si nous étions devenus des civils, je ne prenais aucune décision sans lui en parler.

Se tournant vers Ingrid, il explosa en larmes.

– Je… J'ai alors appris la mort de ta mère. J'étais effondré, tu ne peux pas savoir à quel point. Mais, le pire, c'était de ne pas savoir où te trouver. Je… Je t'ai cherchée partout. Tu ne peux pas imaginer. J'y ai vu une forme de punition divine.

Il se moucha bruyamment.

– Vous êtes alors rentré ici, la mort dans l'âme, lui soufflai-je.

– Oui. Alexander a été formidable. Un chic type, vraiment, qui avait depuis longtemps décidé de consacrer sa vie à Dieu. Nous sommes partis quelques mois étudier la théologie à Berlin. Le choc ! Voir cette mer de ruines qui se remettait difficilement de la guerre. Nous y avons rencontré Jack Bousquié, avec qui nous avons sympathisé. Lui est parti ouvrir son cabinet d'avocat à Cincinnati, dans les causes humanitaires. Alexander et moi sommes revenus, pour évangéliser la région. Sans nouvelle de toi, j'avais décidé de faire une croix sur mon passé. J'ai pris le nom de Schütz, en mémoire d'un ami, mort au combat dans mes bras. Nous avons tout rebâti. J'ai créé le centre auditif, ma passion, édifié un hôpital moderne et des bâtiments, recruté des médecins, construit des écoles, acheté des machines agricoles…

– Le tout financé avec l'or.

– Bien sûr. En toute discrétion puisqu'échangé en petites doses auprès de commerçants indiens. Mais tu étais toujours présente dans ma mémoire, Ingrid. J'ai alors décidé de te créer un pactole, au cas où je te retrouverais un jour. À chaque fois que je me rendais aux États-Unis pour tenter de te chercher, je changeais des petites quantités d'or et j'achetais des actions avec le cash et… ma foi, je ne me suis pas mal débrouillé. Pris parfois par le temps, j'ai dû commettre quelques imprudences en changeant de grosses sommes. J'ai revu Bousquié. Il est ainsi devenu mon conseiller. Il m'a aidé à monter l'Anstalt au Lichtenstein. L'arrivée d'internet m'a simplifié la vie. J'ai pu investir d'ici dans des fonds que je maîtrisais parfaitement grâce à mes connaissances. J'étais abonné à toutes les revues possibles sur le son, l'audio.

– Et vous avez retrouvé Ingrid.

Ses yeux rayonnèrent.

– Oui. Il y a dix ans. J'avais déjà fait appel à des détectives, mais cette fois j'y ai mis le prix. L'agence Pinkerton a fait le reste. Cinq ans de recherches inlassables. J'ai su pour ton nom, ta vie, ton divorce. Tu ne peux pas savoir combien de fois j'ai eu envie de sauter dans l'avion pour te rejoindre. Mais la honte de vous avoir abandonnées pour cette guerre stupide me collait comme une gangue. Je… J'ai tué des centaines d'hommes, Ingrid, en coulant des navires. Des civils. Des militaires. Je… je ne m'en suis jamais vraiment remis. Comment aurais-je pu t'expliquer ? Seule la présence de Dieu m'apportait un réconfort. Et puis l'agence Pinkerton qui envoyait régulièrement des rapports m'a appris ta… ton état préoccupant.

Il but une autre rasade de citronnade.

– Il fallait alors miser sur un détective perspicace qui te permette de comprendre la vie que j'avais eue, afin que tu me pardonnes. J'ai alors eu l'idée de te faire parvenir le photomontage de carte postale par le biais de Bousquié. J'ai su que c'était gagné quand je vous ai vu arriver.

– Pourquoi ne m'avez-vous rien dit ? Nous aurions gagné un temps fou en évitant le Yémen.

– Je tenais à être certain que vous n'étiez pas non plus un requin, prêt à spolier ma fille. Et puis, Gustav Martesäcker, au Yémen, était dans la confidence. Il était prévu qu'il vous mette sur la piste des montages financiers.

Je souris intérieurement. Le gredin m'avait bien mené en bateau.

– Vous nous imaginez, après ce que nous avons vécu, ne pas rester en contact ? insista-t-il. Nous nous donnions des nouvelles régulièrement, entre membres du U-182.

– Mais, sans le savoir, vous avez alléché Bertram, du Cabinet Bousquié.

– Je ne comprends pas…

– Si je vous dis qu'il a la SEC sur le dos.

Il se mit à réfléchir un long moment.

– Il y a effectivement eu un doute sur une prise de participation. Jack s'en était rendu compte. Il a mis tout mon dossier au coffre et s'est mis à surveiller discrètement Bertram, pour découvrir qu'il fouillait partout. Mais il n'a pas encore de preuves concrètes. Le temps qu'il fasse un nouveau faux pas pour le virer, nous avons alors décidé de lui faire croire que j'étais mort. Nous étions ainsi persuadés qu'il arrêterait de fouiller et de copier mes prises de position.

– J'ai appelé Bousquié pour lui confirmer les informations confidentielles que je tiens de la Sec. Il a viré Bertram et va lui coller un procès.

Ingrid et son père, assis sur le sable, se remettaient à peine de leurs émotions. Les flammèches d'un feu, improvisé avec du bois mort rapporté par l'océan, mordoraient leurs silhouettes sous un ciel scintillant d'étoiles.

Je les rejoignis. Schwarzbrod tendit une bouteille de schnaps que je bus à la régalade, le gosier en feu. Un léger vent, chargé de légendes, agitait nos chevelures.

– Dites, Henry, questionnai-je, après m'être séché les lèvres d'un revers de manche. Et si je n'avais pas eu l'accident en brousse ? Si Ruth ne m'avait pas parlé de vous ?

– Nous sommes la seule mission du pays. Vous nous auriez forcément trouvés. J'avais pris de toute manière la décision d'aller voir ma fille et de tout lui dire.

– Et le papier détenteur de l'Anstalt ?

Il pivota sa tête vers Ingrid. Elle agitait deux feuilles, tout sourire. Il venait de le lui donner. Les stigmates de sa maladie paraissaient bien loin. J'espérais qu'elle vivrait le plus longtemps possible. Une question brûlait mes lèvres.

– Henry, il serait fort étonnant que vous n'ayez pas relevé les coordonnées de l'endroit où vous avez immergé les deux tonnes d'or, sur votre route vers le Yémen.

Cent vingt millions de dollars au cours actuel. Selon notre accord, Ingrid nous payerait, Carol et moi, la moitié de l'or trouvé.

Une lueur espiègle traversa le regard d'Henry. Il se redressa péniblement et souleva son tricot. Tatouées sur le ventre, entre les plis de vieillesse, dansant avec la lueur de l'âtre, la longitude et la latitude de ce qui restait du trésor.

– Un boutre équipé de palans est prêt à partir. Que diriez-vous d'une petite virée en mer ?

Épilogue I

Ruth Thornburn réajusta sa coiffure.

Convoquée d'urgence au ministère tanzanien du Tourisme, elle avait avalé plus de cinq heures de piste.

Tendue, se grattant le bout des ongles, elle faisait les cent pas dans une galerie richement décorée de tableaux anciens et de tapis luxueux. Décalage absurde avec la pauvreté environnante.

Se retrouver enfermée plus d'un quart d'heure lui était insupportable. Sa ménagerie et l'appel des grands espaces lui manquaient déjà.

L'entrevue n'annonçait rien de bon. Une boule lui comprimait le ventre.

L'huissier lui fit signe d'entrer.

Ahmed Beya, cintré dans un costume conforme à sa stature de ministre, se leva et la fit asseoir dans le salon jouxtant son bureau précieux. Il trébucha sur les mots, gêné aux entournures.

– Je tenais à vous l'annoncer moi-même. C'est… difficile à admettre.

– Ça va, j'ai compris, dit-elle sèchement en se levant. Les budgets sont définitivement coupés !

– Votre fondation… comment vous dire… vient de recevoir un virement. Un don anonyme. De vingt millions de dollars !

Épilogue 2

Dexter se gratta le menton, appuyé sur le piano, par-dessus l'épaule d'Herbie Hancock.

Ils tergiversaient à-propos de la position d'un accord mineur sur la partition.

Quatre jours que le quintet était là, dans le studio d'enregistrement de Blue Note. Ne leur restait plus qu'une prise.

Le reste des compositions de Dexter était dans la boîte, magistralement interprétées par le soprano de Christophe Laborde, la batterie de Jack DeJohnette et la contrebasse de Dave Holland.

Le titre de l'album ?

Blues for Tolerance.

Épilogue 3

« THEL,

La famille de Yoni a bien reçu le chèque.

Son montant, bien qu'énorme, ne le ramènera jamais à la vie. Il repose dans un endroit secret, avec tous les combattants morts pour la cause juste.

Tu trouveras ci-joint copie du dossier que nous avons sur ton grand-père. La plupart des informations proviennent du Vatican, où il a été caché.

Je ne manquerai pas de te faire signe si l'une de mes missions me conduit à New York. »

Making Of

La carte postale

Envoyée par le supposé père de ma grand-mère. Un certain Pierre. Il aurait été tailleur et aurait pris un bateau au début du siècle dernier pour les États-Unis, d'où il a envoyé cette carte postale de Cincinnati. Il demandait à mon arrière-grand-mère de le rejoindre. Mais il n'avait pas pensé (ou voulu) laisser son adresse… Nous n'avons jamais retrouvé sa trace.

René Bourgois

Mon père. Un homme hors pair. Ancien résistant en 40 dans les Cévennes, fumeur d'opium en Indochine, chasseur de tigre à dos d'éléphant, avant de se reconvertir dans la construction d'aérodromes en Afrique. Basé un temps à Djibouti, il m'assura avoir rencontré d'anciens nazis au Yémen, cachés dans les montagnes du Nord.

L'Ambassadeur

J'ai la chance de résider à proximité du domicile d'un ancien ambassadeur de France, Monsieur Lafrance, fin connaisseur du Moyen Orient. Il a eu la gentillesse de m'éclairer sur la situation géopolitique de l'Afrique de l'Est pendant la Deuxième Guerre mondiale.

L'ex-journaliste de *Corse Matin*

A consacré de son précieux temps à l'aéroport de Bastia Poretta, pour me détailler son enquête sur le trésor de Rommel, enfoui au large et toujours introuvable.

Mon grand-oncle

Ingénieur agronome, aviateur, poète, organisateur de la croisière jaune Citroën. Avait épousé les théories extrémistes des Allemands au cours de la Deuxième Guerre mondiale, à la fois par haine de l'Anglais, par fraternité avec les Allemands de la Luftwaffe contre lesquels il avait combattu en 14, et par bêtise aveugle. Fondateur du journal *l'Appel*. Avait en lui la méfiance des juifs jusqu'à sa mort en 1986, à l'âge de quatre-vingt-dix-huit ans. S'était enfui en 1945 au Vatican en se faisant passer pour un jardinier. Défendu par Maître Isorni, il fut relaxé et coula des jours paisibles dans son village natal de Corse.

Das Boat

Énorme film. Permettant de mesurer l'écart idéologique entre la Kriegsmarine et les autres armées. Et le courage incroyable de ces hommes, tout juste sortis de l'adolescence.

L'historien de la Marine

Entre Professeur Tournesol et Géo Trouvetout, basé au fort de Vincennes. Un homme affable, accessible, féru d'histoire et d'anecdotes.

Yémen

Le plus beau pays qu'il m'ait été donné de visiter : paysages grandioses, architecture sublime, gens accueillants. Je me souviens d'un marché aux armes où nous étions les seuls Européens, devant des Yéménites essayant kalachnikovs, lance-roquettes et fusils en tout genre. Une pensée spéciale pour Kawkaban, où je vis un spectacle des plus étranges : deux pauvres hères, façon troubadour, se plantaient leurs Jambias sous l'œil pour le faire sortir de l'orbite et gagner ainsi quelques piécettes sous les applaudissements.

Laboe's Memorial

Au nord de Kiel. Émouvant. Un contraste fort entre l'agitation nerveuse de la mer et l'inertie du mausolée.

Pierre Zanger

Un ami psychiatre, dont la famille a été spoliée. Comme tant d'autres, dans l'indifférence quasi générale.

Abbou

Le cuisinier de mon enfance, à Bamako. Le premier, du haut de son Islam modéré, à m'inculquer la tolérance.

Les Pères Blancs

J'en ai connu beaucoup lors de mon enfance de Libreville à Bamako, en passant par Bangui, Niamey, Djibouti et Nairobi. Mais il y en a deux de gravés dans ma mémoire : le Père écossais qui m'a tiré d'un mauvais pas en Tanzanie. Et Jean Devriesère, rencontré à Mua Mission, au Malawi. Aveugle et sourd à force d'évangéliser dans des conditions extrêmes.

Sophisticated ladies

Sophie Aslanides et, bien sûr, Béatrice Cantet pour son soutien sans limite.

Remerciements

Merci à mon big band, à tous les journalistes qui me font confiance, et à tous les organisateurs de salons littéraires.

Sidonie Dumas et ses relectures précieuses, Claire Le Meur, Dominique Bourgois, Christophe Bures, Janique Barreau, Alexandre Sheldon Duplaix, Dominique Bellanger, Clémence Letellier, Marinette Filippi, Isabelle Leoni, Brigitte Aucante, Elie de la boutique Duke, Isabelle Mity, Patricia Mathey, Isabelle Argence.

Enregistré à Paris, Tanger, Kiel, Hambourg, Ghisoni, Vecchia mina, Zanzibar, Bagamoyo, Dar Es Salaam, Sanaa.

Votre avis sur chriscostantini.com

· A HAPPY NEW YEAR ·

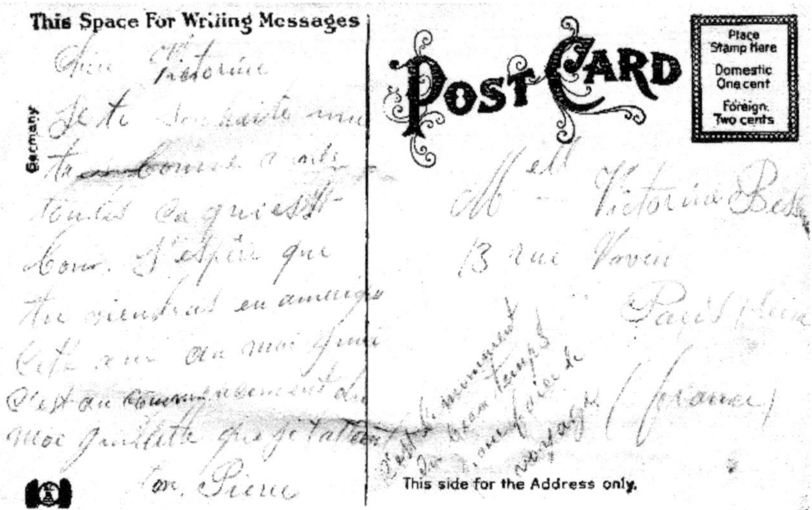

This Space For Writing Messages
Germany
POST CARD
Place Stamp Here
Domestic One cent
Foreign Two cents
This side for the Address only.

Les autres ouvrages de Chris Costantini

La note noire

Thel, un policier new-yorkais désabusé, est confronté à un crime étrange : un jeune homme a été retrouvé égorgé, le drapeau des États-Unis dessiné sur le front. Le FBI et la CIA penchent très vite pour la thèse d'un complot islamiste et s'emparent de l'enquête. Quand une autre victime est retrouvée égorgée à Chicago, avec cette fois le drapeau britannique comme signature, Thel, obstiné, décide de poursuivre les recherches de son côté. Elles le conduiront à Nice, Los Angeles et San Francisco. Il ne tardera pas à comprendre qu'il n'est qu'un pion dans le projet machiavélique du meurtrier, qui l'oblige à faire resurgir du passé de douloureux souvenirs.

Avec ce premier roman au suspense haletant, Costantini nous offre, sur fond de jazz, un bel hommage aux films noirs et à la littérature américaine.

«La révélation Costantini». *Vosges matin*, 29 novembre 2009

« Le polar bien noté ». Christian David, l'*Expansion*, septembre 2009

« Costantini rend hommage aux grands polars noir américains avec un vrai talent ». Michel Parouty, *Les Echos*, 27 juillet 2009

« Machiavélique et efficace ». Brigitte Kernel, *Femme actuelle*

À pas comptés

« Je m'apprêtais à quitter la police de New York pour ouvrir un cabinet de détective quand arriva cette invraisemblable affaire qui nous emmena de Djibouti à Manhattan, en passant par Copenhague. Une enquête glauque, qui allait marquer mon âme au fer rouge. »

Un trafic insoupçonnable, des marines détruits par la guerre en Irak et manipulés, un premier homicide dans une boîte gay, la fille du leader de l'extrême droite danoise assassinée alors qu'elle était sur le point de dévoiler un odieux trafic, une enquêtrice au charme vénéneux… Notre détective Newyorkais Thel n'aura pas le loisir de résoudre ses drames personnels.

« Le Bashung du polar ». Julie Malaure, *Le Point*, 3 mars 2011

« Costantini s'inscrit dans la veine des grands écrivains de thrillers made in USA ». *Direct Matin*, 8 juillet 2011

« Assurément l'un des polars de l'été ». *VSD*, 2011

Achevé d'imprimer par Pulsio SARL
à Sofia, Bulgarie
Dépôt légal mars 2013